先代勇者は隠居したい
1
井々田K
Iida K

リリルリー
ノルン
社勇《やしろゆう》
トーレ
人物紹介
先代勇者は隠居したい

テラキオ
アグニエラ
シルヴィア・ロート・
シェリオット・リーゼリオン
天《あま》城《ぎ》海《かい》翔《と》

我が魂は願う《ソウル・ディザイア》

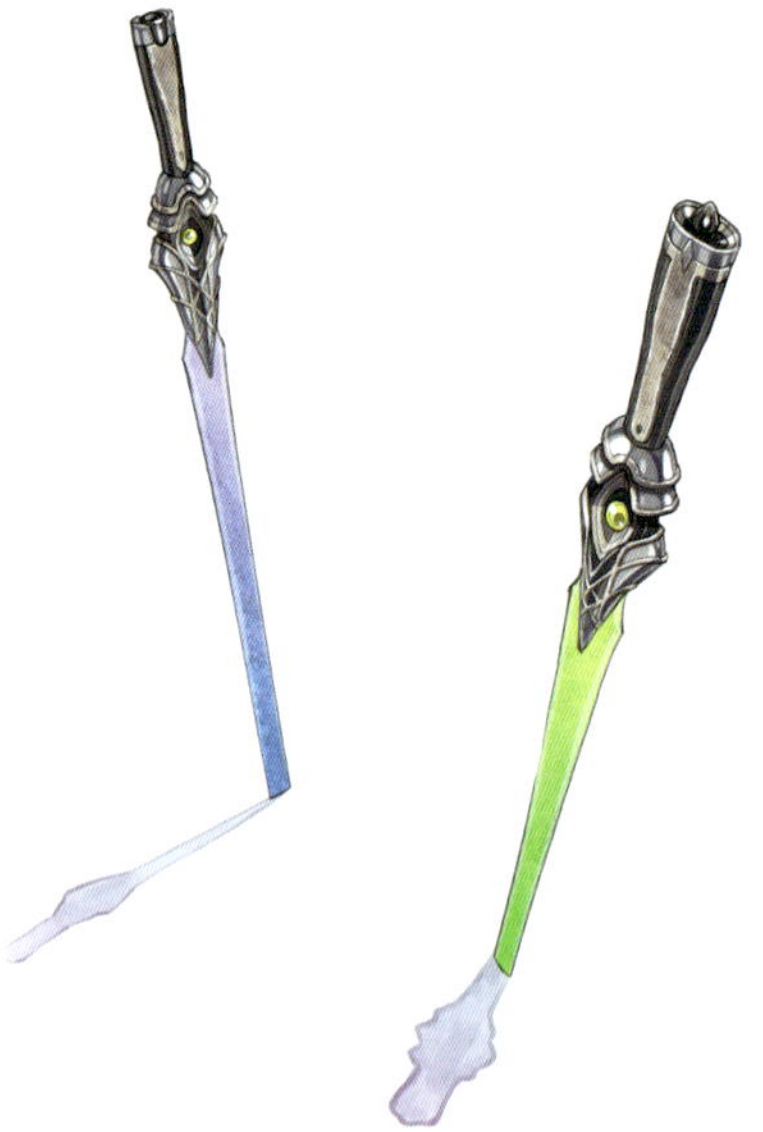

目次

◇

それは世界に終焉《しゅうえん》を呼び寄せるという破滅の具現。
それはこの世の負の感情の集合体。
それは生きとし生けるものの天敵。
人々はその者を魔を統《す》べる王、『魔王』と呼んだ。

それは世界の終焉を阻止しに現れるという破邪《はじゃ》の具現。
それはこの世の正の感情の集合体。
それは世界を混沌《こんとん》に陥れる者の天敵。
人々はその者を勇気の体現者、『勇者』と呼んだ。

光と闇、陰と陽、正と負。

その二者は向き合うことを強いられる。

世界は両者の選択に委《ゆだ》ねられる。

◇

「はぁ……はぁっ……」

胸が焼けるように熱く息がしづらい。こんな経験は初めてだった。

「はぁっ……はぁっ！」

身体が酷《ひど》く重い。全身に錘《おもり》を巻きつけたように重く、思うように動かないのだ。

「ぐっ、ううっ……」

立ち上がろうとして、彼は全身に走る痛みに思わず顔を歪《ゆが》める。

その姿は、彼がここに乗り込んで来た時とは大きく違っていた。

美しい白亜の鎧《よろい》はその殆《ほとん》どが崩れ落ち、なんの防御効果も得られそうにないシャツ一枚。

しかも所々煤《すす》け、血が滲《にじ》んで浮き上がり、痛々しい姿だった。

「何故《なぜ》だ。何故、……立ち上がる」

「……あ？　何か、言ったか？」

「貴様には、戦う理由は無い筈《はず》だ。何故、異なる世界の者たちのために戦う？」

目の前に立ちふさがる何かが放った言葉。その疑問に、彼も頷《うなず》いた。

「は？　……さぁ、たぶん大した理由は、ねぇぜ？」

未《ま》だ少年と呼べる体躯《たいく》の彼は、黒髪の奥に隠れた黒の瞳で目の前に立ちふさがる絶対的な存在を捉《とら》えながら不敵に笑ってみせた。

「富のためか？」

「んあ？　……なんの話だ？」

「名誉か？」

「おいおいだから、何の……」

「それとも地位か？」

「いいかげん黙れよ。……こちとら身体中が痛くて喋《しゃべ》りたくねぇんだよ。……さっさと終わらせようぜ魔王!!」

少年は口の中に溜《た》まっていた血を、唾《つば》を吐くように大理石の床に吐きつけた。

「聖剣の担い手故に、人々のために戦うことを義務付けられたからか？　……哀れな。所詮《しょせん》貴様も愚かで低俗な人の子か『勇者』よ」

魔王は呆《あき》れたようにそう言葉を吐き捨て、その腕《かいな》に力を収束し始める。

その瞳には、少年、いや、勇者への興味が消え失《う》せ排すべき障害が映る。

「悪いがその通りだ、魔王。俺はただの人間だよ」

「その人間に良いように利用され、一度は人間どもに見捨てられた身でありながら何故人々のために立つのかと聞いた。……何故だ。貴様にも、人間どもへの憎しみが、絶望が生まれた筈だ！」

心底わからないと、魔王という存在は叫んだ。

人間の、この世界に生きる者たちの敵は、叫んだ。

「……人間なんてどうなってもいい、なんて思ったことは一度や二度じゃない。人間の醜さとか狡《ずる》さとか、そんなのは俺もわかってる。んで、勇者なんて呼ばれている俺にもそんな所はある。……けどな？　それでも俺が戦うのは、お金とか有名になるためとか、そんな理由じゃあないってのは保証できるぜ？」

勇者は足元に転がっていた愛剣を掴《つか》み上げ、杖《つえ》代わりに立ち上がる。

「それに、人間ってのは案外馬鹿にできなくてな？　腹を空かせてる子供に自分の分のパンを与える奴がいたり、自分とは全く関係無い奴のために自分よりも強い奴を相手に喧嘩《けんか》を売ったり、自分以外の奴のために頑張れる奴らもいるんだ。……まぁ何を言いたいかというと、意外にも人間ってのはそこまで悪い連中ばっかじゃないんだぜ？」

ニカッ、と歯を見せ笑ってみせた勇者は剣を肩に担ぎ歩き出す。

「愚かな。そんなものは所詮偽善に過ぎんのだ。己の虚栄心を満たすための、利己心からなる行為に過ぎぬ!!」

魔王が腕を振るった。

たったそれだけで暴風が起こり、勇者に襲い掛かる。

「虚栄心で、利己心で、……人間、笑顔になれっかああああぁぁぁっっ!!」

勇者が剣を振り下ろす。淡く光るその剣は、勇者の咆哮《ほうこう》に答えるように輝き光り、本来の聖剣の

姿となり、振った剣先は空を切り、魔王の放った暴風もろとも大理石や水晶で作られた城の壁を真っ二つに切り裂いた。

「確かになぁ、偽善かもしんねぇよ。……けど、一つだけ、これだけは言える」

そして、勇者は魔王の懐にまで一気に駆け抜け聖剣を振りぬいた。

「俺が惚《ほ》れた女は、助けた人が笑顔になると、一緒に笑うような奴なんだよおおおおおぉぉぉっつ!!」


勇者は戦う。人々のために。

少年は戦った。一人の、女性のために。

先代勇者は隠居したい

一話　召喚されし勇者と先代勇者

勇者とは？　と問われたら、貴方《あなた》はどう答えますか？

いや、言わなくてもわかる。

なんとなくわかる。

とりあえず「は？」と答えることだろう。答えになっていないじゃないかと言うクレームは受け付けません。

逆に脈略無くこんなことを問われ、

「勇者とは一般的に～（略）日本で有名になったきっかけは、ＲＰＧゲームドラゴンクエ～（略）最近では小説でもよく取り上げられ～（略）」

なんて真顔でスラスラと答えられる方がおかしいと言うものだ。

じゃあ質問を変えるとしようか。


貴方は勇者になりたいですか？

ん？　……自分ばかり質問して、お前はどうなんだって？

俺か……俺はまぁ、もう二度とごめんだね。

少なくとも、そう思ってた。

◇

「どうかこの世界をお救いくださいっ……」

ひと目でそうとわかる高級そうな赤いドレスを身に纏《まと》った少女が深く、深く頭を下げる。

その少女の後ろに居た、侍女にしてはものものしい格好の女性たちも膝《ひざ》をつき頭を下げる。

彼女らだけでない。

語彙《ごい》の少ない僕では語れないほどの絢爛《けんらん》さを見せる大きな、そして広いこの部屋に立ち並んでいた、どうやらこの国の重鎮らしい老人たちもが膝をつき、懇願するような眼差《まなざ》しでこちらを見ていた。

「どうか……どうか魔王を討ち払ってください。勇者様っ！」

その翡翠《ひすい》色の瞳を涙で揺らした少女は、絹糸と見紛《みまが》うほどの美しい金色の髪を揺らして懇願する。

「……」

僕は絶句していた。

学校の帰り、親しい友人たちと帰路に着いていたら突然光に包まれこの場所に居たから？

中世にタイムスリップしたような人たちの服装に困惑したから？

いや違う。目の前の美しい少女が、儚《はかな》げに泣いていたからだ。

「僕で、良ければ」

気づけば僕は頷《うなず》いていた。

その日、勇者天城《あまぎ》海翔《かいと》がこの国、いや、この世界に誕生した。

「……マジ、かよ」

その新たな勇者、イケメン君の後ろでひっくり返った体勢のまま、彼、社勇《やしろゆう》は、呟《つぶや》く。

「また、異世界なのかよ……っ」

渇いた笑いを漏らす彼。その表情は絶望に満ち溢《あふ》れていた。

二話　先代勇者は巻き込まれました

えー、初めまして。社勇《やしろゆう》と申します。

先に言っておくが俺は昨今のハーレムアニメの主人公の如《ごと》く特に秀でた物のない、平凡を地で行く高校生だ。

幼馴染《なじ》みなんていないし、可愛《かわい》い妹なんていないし、食パンくわえて激突したツンデレ少女なんて知り合いにいない。

……ぶわっ（泣）

おっと、現実を直視できずに涙が出ちまった。

話を戻そう。

そう、平凡。平凡なのです。

大金なんて持ってたら引きこもって対人不審になるだろうし、ハーレムなんかに陥ったら恐れ多くて逃げ出す自信もある。

家族に隠れてえっちな本もベッドの下に隠しているし、女の子に優しくされると好きになる。

そんな、そんな普通、平凡、一般の三拍子揃《そろ》った男子学生だ。

そんな平凡な俺が、何故《なぜ》こんな場所に居る？

見れば周囲は部屋と言うよりも祭壇で、天井はあるものの周りは吹き抜け。六つの大きな柱で天井は支えられている。

しかも天井には古代イシュレール語で印《しる》された六芒星《ろくぼうせい》の魔法陣。

つるつるとした石の床にも、六芒星の魔法陣とイシュレール語。

どうやら現実世界とここ魔法世界『レインブルク』を繋《つな》げるための時空間転移魔法陣、通称、召喚陣のようだ。

しかしアレは星の並びなども関係して発動条件がむちゃくちゃ困難な筈《はず》じゃなかったのか？

だがやはり、あの光は召喚時の魔力光だったのか……と、俺は一人結論付けた。

ええ、今の明らかに一般人でない魔法解説でわかるように……俺自身は平凡な男子学生なのだが、
俺は過去に異世界へ渡ったことがあったりする。

あれはリアル中二の頃、カッコいい衣装としてマントを羽織って遊んでいた時だった。

突然光が辺りを包むと、俺はここと似たような祭壇に召喚された。

そしてなんやかんやあって、当時世界を支配しようとしていた混沌《こんとん》の魔王を張り倒しその世界に平和を取り戻したのでした。

……つまりは勇者なのです。あ、いや。正確には勇者だった、ですかね。

さて、本筋に戻ろう。

何故俺はまたしても異世界なんぞに訪れているのか？

ん？　と言うよりここは本当に異世界なのかって？

ああ、そのことに関しては保証できる。

理由としては魔術文字・古代イシュレール語の存在だろう。

これは文字一字一字に魔法的な力を有しており、それが組み合わさり『魔術』が発動する、といった代物だ。

俺が三年前異世界入りを果たした時、勇者として時の第三皇女に徹底的に教え込まれたので間違いない。

……ん？　……てーと、やっぱり俺が三年前に来た世界レインブルクで間違いないんだよな？

召喚陣でなんとなく理解していたが、やはりここは俺が勇者として召喚された世界なのだろう。

……あれ？　なんかおかしくないか？

「なんで勇者が必要なんだ？」

俺は自分自身への言葉を口に出してしまう癖がある。

愚痴とか悪口とかもそうだ。まあつまりは考えてること全般と言えなくもないが、今日もまた俺の癖が出てしまった。

「はぁ？　アンタお姫様の言ってることちゃんと聞いてなかったの？」

やけに挑発的な、強気な言葉が俺に突き刺さる。

「ご、ごめん。色々混乱してて……」

「くだらないことで話の腰折ってんじゃないわよっ」

さっき天城海翔《イケメン野郎》にお願いしていたお姫様を上座に、無駄に豪華で無駄に長い木のテーブルに座っていた男女四人が俺を見る。

一人は我らが天城海翔《あまぎかいと》。赤毛の狂暴ツインテール。黒髪ロングのクールビューティー、そして男の制服を着たロリっ娘《こ》。

彼らは一緒に召喚されたらしい。

……すげぇ面子だ。三人ともイケメン野郎のハーレムか？

「落ち着けよ茜《あかね》。彼……確か社って言ったよな？　社君は僕たちみたいに親しい友人と一緒に呼ばれたわけじゃないんだぜ？」

イケメン野郎こと天城海翔がお姫様に一番近い席から俺に吠《ほ》える狂犬女を窘《たしな》める。

「な、何よ！　だからなんだってのよ！」

「少なくとも僕は茜たちがいたから多少は落ち着ける。……お前らがいなかったら、僕は混乱して人の話を素直に聞ける状態じゃなかっただろうな」

「うっ……」

「だから落ち着け」

「……わかったわよ。……たく、ずるいわよ……そんな言われ方したら、アタシ……」

茜と呼ばれた赤毛ツインテールはイケメン野郎の言葉に頬《ほお》を赤くする。

なんだ、このステレオタイプのツンデレは……！

あまりのツンデレっぷりに俺は絶句する。ここまでのツンデレとなると国宝クラスだ。

案の定、尻すぼみな彼女の言葉は肝心な所がイケメン野郎に届いてない。

そしてイケメン野郎こと天城海翔への俺の評価が大きく変わる。

コイツ、ただのイケメンじゃねぇ……鈍感だけどハーレムを自動生成していくタイプの、面倒なタイプのイケメンだ！

「あー、えっと。……すまん。続けてください」

俺がイケメン野郎に戦慄《せんりつ》を覚えながらお姫様に頭を下げると、お姫様はクスリと笑い頷《うなず》いた。

「では続けます。……三年前の勇者様は魔王を倒すこと叶《かな》わず、撃退に終わりました。そして魔王は勇者に付けられた傷を癒し、今また、この世界レインブルクは闇に支配されようとしているのです」

随分と話を聞いていなかったのだろう。最終的な結果しか聞いてないが、しかし、ここにいる現実世界の四人よりも俺は深く理解した。

ここはレインブルクで間違いなく、三年前の勇者とは間違いなく俺であろう。

……だが、結末が俺の知るものと違うことに大きく動揺した。

撃退？　バカな……俺は確かに奴を倒し、だが倒しきれずに大きな代償を払って封印した。

なのに世間では撃退扱いで、奴は復活したと？……ありえねぇ、それに封印が解かれたなら即座に俺が呼ばれる筈だ。

……何かキナ臭いな。

「三年前の勇者とやらは呼べないのか？」

俺が思考の海に浸《つ》かっていると、黒髪ロングのクールビューティーがお姫様に問う。

おお、声もクールな感じでグーだ。……この人には巫女《みこ》服にして日本刀持たせたら凄《すご》く似合いそうだ。

「呼べることには呼べるのですが……リーゼリオン皇国が召喚式を隠匿し呼ぶことが叶わないのです」

お姫様が残念そうに首を横に振り答える。

いや、巻き込まれて、ではありますが呼ばれてるんですけどねー。

って、

「ちょっと待て、召喚式の隠匿？　リーゼリオンの召喚式はここのものと違うのか？」

隠すも何も勇者召喚って、現実世界の中で勇者としての適性を持つ人間を召喚するもんだろ？

なら俺が呼ばれたのも納得できるんだが。

「はい。リーゼリオンのものと我がルクセリアの召喚式は違います。リーゼリオンの召喚式は古代の召喚陣をリーゼリオン風にアレンジしたもので星の並びによる魔力の収束を利用し、局地的な魔力溜《だ》まりを作り出し、その膨大な魔力で世界扉を開くものです。対して我がルクセリアの召喚式は竜脈から汲《く》み上げた魔力を円に流し込むことにより循環させ、安定した世界扉を作り上げるのです」

ほうほう、つまりはリーゼリオン……三年前俺を呼んだ国は爆弾のようなもので無理矢理扉をこじ開けるのに対しルクセリアは時間をかけてピッキングするようなもんだ。安全性の違いは言うまでもないか。

「召喚式の違いは理解した。……でもリーゼリオンの召喚式を知ったところで先代の勇者（俺）は呼べないんじゃないのか？　星の並びとか、明らかに三年で揃えられる周期じゃないだろう？」

「はい。リーゼリオンの召喚陣は使用できません。しかしリーゼリオンの召喚式には先代の勇者様を特定して呼ぶことのできる『コード』と呼ばれる術式が組み込まれています。

これは我がルクセリア式の召喚陣に組み込むことが可能で、このコードがあれば先代勇者様を狙《ねら》って召喚することも可能なのです。……ですが」

リーゼリオンは召喚式を明かさない、と。

いや〜、それって俺のせいかもな〜。

なんて思ってると、ツンデレツインテールが吠える。

「なんなのよそのリーゼリオン皇国ってのは！　さっさと前の勇者を呼びなさいってのっ。そうすればアタシたちがこんな世界に来ることもなかったし、何よりなんで前の勇者が倒し損ねたのをアタシたちが倒さなきゃイケないわけ!?　あーっ、もう！　前の勇者だかなんだか知らないけどいい迷惑よ!!」

バンとテーブルを叩《たた》きつけた赤毛のツインテールは吠えるだけ吠えるとイケメンにまた窘《たしな》められ着席した。

耳が痛いです。……いやしかし復活とはね……。

「と、ところで、ボクたちは結局どうすれば良いんでしょうか？」

もじもじと男装した少女が切り出す。

「そうだな。我々は所詮《しょせん》素人。……魔王だなんだと言われても対抗手段が無い」

それに続いてクールビューティー。

うん。確かにそれは思ってた。俺みたいに聖剣の担い手って言うならわかるが聖剣は世界にただ一振り。

俺が持っちゃってるから今この世界には無い筈なのです。

え？　また新しい単語が出てきたって？　……まあ後々説明するだろうから記憶の片隅にでも置いといて。

「それについてはご安心ください」

お姫様がにこりと微笑《ほほえ》む。

「召喚陣は我々の世界ではめったに現れない高位魔力保有者の方々のみに絞って英雄を呼びます。

……貴殿方は我々では足元にも届かないほどの量の魔力保有者なのです」

「魔力保有者？　……それはそのままの意味と受け取って良いのですか？」

イケメン君が聞く。

「はい。具体的な数値は測定次第わかりますが宮廷魔導師千人分以上の魔力保有者に限りました」

え？

え、ええー？

何それ、チートくない？　なんか弱っちく聞こえてるだろうけど宮廷魔導師って化けもんの巣窟《そうくつ》みたいなもんだぜ？　少なくともリーゼリオンの宮廷魔導師は。

それが千人分以上とか無敵じゃん。

これヤバイな……マジで巻き込まれた可能性が出てきたぞ？

何故なら俺に魔力は存在しない。

これっぽっちも無い。故に魔術は使えなかったりする。

そして何より召喚された時の状況が物語る。

召喚される直前、俺はグラビア写真集を抱えてハアハアと変な息を出しながら帰宅してたはずだ。

最近人気急上昇の千春ちゃん。彼女の魅力は九十五を誇る最強の爆乳にむちむちとしながらもスラリと伸びた脚に腰のくびれ、そして男女問わず魅了する甘いマスク。

うん、エロカッコいいという単語が似合う女性なのだ。

そんな彼女の写真集を鞄《かばん》に入れて厳重にロック（紐《ひも》でがんじがらめ）し、両腕で抱き抱えていた時、ふと前方からのにぎやかな声に気づき辺りを見ると、可愛い少女を三人も侍《はべ》らせるイケメンの姿が。

俺が憎悪をイケメンに向けていると彼らは信号に捕まり停止。追い付いてしまった俺も彼らと少し離れて停止。そして突然辺りを包む光。

……いや、コレマジで巻き込まれて召喚されてるよね？

三話　先代勇者の薬草集め

困った。困ったぞ。

召喚と新人へのこのレインブルクの世界観説明が終わるとともにその日はお開きとなり翌日、つまり今日から勇者としての活動を始めることになったのだが……。

困った。困ったぞ。

イケメン野郎こと天城海翔《あまぎかいと》と、そのハーレム軍団が何故《なぜ》か凄《すご》いやる気に満ち溢《あふ》れている。

いや、わかるよ？　魔力測定したら千なんてもんじゃなかったんだから。

最低値のイケメン君でも七千。

ショタなんか一万五千を叩《たた》き出したのだから。

なんつー数値だよ。既に戦術《タクティクス》級越えて災害《ハザード》級だよ。

え？　ショタって誰かって？　……いやー、俺も驚いたよ。

どう見ても女の子にしか見えなかった男装した少女。

実は彼女……いや彼は男だったのだ。

イケメン君と共に温泉並みの広さを誇る風呂場を堪能してたのだが、胸から腰まで、大切な所をタオルで隠した彼が現れた。

慌てた俺だが、彼本人から男だと知らされこの世の無情さにむせび泣いたのは良い思い出である。

こんな可愛《かわい》い娘《こ》が女の子な筈《はず》がないとはよく言ったもんだよ……。

ま、まあそれは置いておいてだ。

驚愕《きょうがく》の数値に姫さんは喜びの余り卒倒。

俺の魔力保有値ゼロという報告を受けようやく起き上がったくらいだ。

その姫さんを始め宮廷魔導師たちから褒め称《たた》えられ彼らは調子に乗ってしまってるのだ。

べ、別に俺の事が無かったこと扱いされてふて腐れてるんじゃないんだからね!?

……ぐすん。

「で？　あんたは何でこんな所で木刀持ってるわけ？」

「え？」

半泣き状態で振り返ると、赤い髪をツインテールにした少女が居た。イケメン野郎のハーレムの、あのツンデレちゃんだ。手にはハードカバーの分厚い本。魔道書《グリモア》か？

「身体を動かしに？」

「なんで疑問形なのよ」

「いや、特に何も考えてなかったから」

俺はこのルクセリアの訓練所で木刀を適当に振り回してただけだし……うん。なんとなく振ってただけ、……なんだが、俺の言葉をどう思ったのかツンデレちゃんの目つきが悪くなる。

つまり、睨《にら》まれた。

「魔力もないくせに戦う気？」

怪訝《けげん》そうに言い、ツンデレちゃんは続ける。

「アタシたち、さっきこの国の宮廷魔導師団長って人から少し教えて貰《もら》ったのよ。……見てなさい？」

すると、彼女は魔道書を広げ、右手を訓練所の真ん中あたりに向け、呟《つぶや》き始めた。

魔術の詠唱か？

「『ファイヤー・ボール』!!」

ツンデレちゃんの手のひらにソフトボール大の炎が現れ、ツンデレちゃんはそれを払うように投げつけた。

「……どう？　これが魔法よ。まだ始めたばかりで上手く扱えてないけど、初心者の私でもこんなことができるの。魔力が無いアンタなんてアタシたちの足を引っ張るだけよ。……どんなにアンタが頑張っても、ね」

ドン！　と、大きな音がなるのと同時に、地面に小さなクレーターができあがった。

「だからアンタは大人しくしてなさい？」

念を押すように言って、彼女は踵《きびす》を返し去って行った。

……何だったんだ？

俺の疑問に答えてくれる人は、いなかった。

◇

勇《ゆう》と別れた後、茜《あかね》は自身の苛立《いらだ》ちを隠すこともなく、自分たちに宛《あ》てがわれた部屋の扉を開けた。

「む？　……どうした茜。随分と機嫌が悪いな」

暖炉の前のソファーに座り、紫色の縦に長い袋から鞘《さや》に収まった日本刀を出しかけていた咲夜《さくや》が振り向きながら苦笑する。

「あの他校のバカよ！」

「ああ、彼か。名は……社《やしろ》、と言ったか？」

「どうでも良いわよそんなこと！　最初から気に食わないのよアイツ！」

ボスッ、とベッドに飛び込むように茜は寝転んだ。

「お姫様の話には横槍《よこやり》入れるし、バカみたいにぼ〜っとしてるしっ……ああいうトロい奴見てると腹立つのよ」

「確かに我ここに在らず、と放心しているようには見えなかった。それよりはどこか他人事に思っているようだったな」

「んで木刀なんて振ってたのよ？　魔法も使えないのに戦う気だったのよ。バカみたい」

「ふ、随分と嫌うな」

「気に入らないだけよ」

茜は、自分が抱いた苛立ちを不思議に思いながらも、奴のせいだと決め付けた。

◇

大変元気の良いことで。

まぁ実際大丈夫だろう。身体強化の魔法でゴリ押しすればあのハーレム部隊は戦えるだろうしね。魔力の量が尋常じゃないし。

魔力の量というのはそれだけで大きな戦力となる。才能、努力以前の大前提として。

……さて、この様子だと勇者をやる理由もなくなった。そもそも俺が呼ばれたみたいじゃないし。

まあ引退ってことで後任の勇者君に後を任せよう。老兵は去るのみ、ってね。

しかしお姫様から説明がなされてなかったが元の世界への戻り方がわからない。というか多分わからんよな。三年前も一度戻れたことがあったがあれは偶然だろう。

どうしようかと思っていると、俺はふと思い出した。

確かこの世界には傭兵《ようへい》だか冒険者だかのギルドが幾つもあった筈だ。

そこに入って適当にクエストこなして異世界一周、なんていうのも一つの手かも知れないな……。

そうと決まれば即断即決！　早速お姫様に聞いてみるか！

んで、……追い出されました。

え、何この状況？

一人暮らししたいって言ったら別れの言葉を交わす間もなく城の外に出されました。正確に言うとメイドさんに伝えて貰《もら》ったら速攻衛兵に連れ出されたのだった。

……そりゃ魔力の無い厄介者だろうけどさぁ〜、そっちの手違いから巻き込まれたんだぜ？

俺？

手切れ金すら渡されなかったよ。

ま、良いか。前回楽しめなかった異世界ライフを楽しむとしますか。前向きに行こー！

あいつにも言われてたしね。

「貴様の良い所は馬鹿みたいに前向きなことだ」

って。

……ぐすん。

気を取り直して、目指すは冒険者ギルド！

目指せ異世界スローライフ！

◇

「いらっしゃいませ。ギルドへようこそ」

満面の笑みで迎えてくれる巨乳美女。

いやぁ、受付嬢が可愛いとテンション上がるよねっ！

「今日はどのようなご用件でしょうか？」

「ギルドに入りたいんです。どうすれば入れますか？」

「ギルドは我々が指定したクエストをクリアして頂くと登録完了となります。登録の際の料金は不要ですのでご安心ください。……クエストを受けますか？」

受付嬢が机の下から一枚の紙を取り出す。

「お願いします」

「はい。では先にお名前、年齢、種族などをこちらの紙に記入してください」

紙と羽ペンを渡された俺はサラサラと文字を書き、紙を返す。

「ユウ・ヤシロ様ですね？　……ではこちらがギルドカードとなります。こちらのギルドカードは緑……一番最初の仮登録時の色となります。ギルドカードはランクに応じて赤、青、紫、銅、銀、金、白金、黒と色が変わります。規定数クエストをこなし、昇格許可が降りた方のみ昇格クエストの受注が可能となりそれをクリアするとランクが上がります。……ご質問はございますか？」

渡されたカードを受け取った俺は首を横に振る。

「はい。ではギルド登録クエストを行って頂きます。……クエストはこちら、『薬草採取』です」

渡された紙はクエスト用の紙らしく成功条件などが細かく記載されていた。

「王都近くですと妖精の森に多く薬草が生えています。妖精の森は魔物《モンスター》が出現することもなく安全な場所ですので安心して採取を行ってください」

説明の最後にニコリと微笑《ほほえ》まれた俺は意気揚々とギルドを後にした。

◇

妖精の森。今では希少種とされる下位の風精霊『ピクシー』の分布地の一つと知られている。

ピクシーは人間に好意的で、気に入った人間にはイタズラしてしまうという特性を持っている。

「いでっ、いでっ！　おいこら耳引っ張んなっ――――んひっ!?　どこ入ってんだコラ！」

社勇、絶賛イタズラされ中です。

二十センチほどの身長で、透き通った羽根を持つ彼ら、彼女らは俺が森に入った途端に髪の毛を軽く引っ張ったり服の中に潜り込んだりと俺にイタズラしてきた。

ピクシーが気に入った相手にしかイタズラしないと知らなければ叩き落としているところだ。

なんでこんなに気に入られているのかと言うと……たぶん三年前に助けたことを覚えてるんだろう。

魔物に蹂躙《じゅうりん》されていたこの森を以前救ったことがあったのだ。

気に入られるのは良いが、薬草集めがままならない。

「あー、テメェら。後で遊んでやっから少し離れてくれ。薬草採取しないとイケないんだ」

そう言うと俺に群がっていたピクシーたちがピタリと動きを止め、一斉に離れて行った。

「え？……なに、なにごと？」

蜘蛛《くも》の子を散らすように散ったピクシー。

そこで俺はピクシーの生態を一つ、思い出した。

ピクシーは魔物の存在に敏感で魔物の存在を感知すると逃げる習性がある。

となるとまさか……魔物か？

受付嬢の巨乳ちゃんが魔物はいないと言っていたが、三年前、この森に魔物が押し寄せた事実がある。

俺は右手を前に向かって突き出した。

いつでも抜く用意はできている。魔物が姿を見せた瞬間に三枚に下ろしてやる。

俺が息巻いていると、視界に映る影。

（くるかっ？）

抜刀しようと仕掛けたところで、俺はその手を降ろした。

「……うわぁお」

見ると両手一杯に薬草を抱えたピクシーたちが……っ。

「可愛すぎだろこいつらっ」

俺のために薬草を集めて来てくれたこいつらと、俺は日暮れになるまで遊んでやった。

◇

「す、凄い量ですね」

「あはは……すみません」

ピクシーがくれた薬草を両手いっぱいに抱えてギルドに戻ってくると巨乳ちゃんこと巨乳受付嬢のねーちゃんがひきつった笑みで迎えてくれた。そりゃあそうさ。受付のテーブルに置くと巨乳ちゃんの視界が遮られるほどの量なのだから。

これだけあればどれだけのポーションが作れるのだろうか。

「薬草一つにつき三十ｆ《フォルン》となります。これだけの量ですと銅貨では多くなりすぎると思うのですが銀貨や晶貨に変えてもよろしいですか？」

フォルン、銅貨に銀貨と晶貨。フォルンはこの世界レインブルクで広く流通している貨幣の単位で、銅貨五十枚で銀貨一枚、銀貨二十五枚で晶貨一枚。更に晶貨十枚で聖金貨と呼ばれる金貨と換金できる。

「お願いします」

財布に小銭を溜《た》める趣味はないので、できるだけまとめて貰うとしよう。

「はい。では右手にあります椅子《いす》に座ってお待ちください」

見るとギルド職員が慌ただしく薬草の山を幾つかに分けて裏に運び始めた。多すぎてごめんなさい。

俺は巨乳ちゃんの言う通りラウンドテーブルの空いてる椅子に座る。

「アンタ、名前は？」

座ると同時に声を掛けられた俺は声のした方へ視線を向ける。

するとそこには褐色肌の健康系美女（巨乳）が立っていた。

見た目防御力がありそうにない、お色気装備をまとった褐色美女が俺の目の前に！

……さ、流石《さすが》異世界。こんな格好も許される！

「俺、勇って言います。ユウ・ヤシロ」

「ふふっ、あたしはトーレ。よろしく頼むよ、新人君」

そう言ってウィンクして笑うトーレさん。……や、やっぱり異世界っていいなぁ。巨乳美女がわ

「ここらじゃ見ない格好だが、どこの出だい？」

俺が着ている学ランが気になったのか身を乗り出して聞いてきた。

おっおおぉォッ！　おおおおおおっっ!!　テーブルに身を乗り出したせいでトーレさんのトーレさんの褐色の、爆乳の！　谷間がぁぁっ!!

……ふぅ。見事な双丘と谷間に見惚《と》れすぎてたぜ。

って出身か〜。さてどう答えたもんか。異世界だなんて口が裂けても言えないし……。

「あぁ、悪いね別に答えれないならいいさ。深く詮索《せんさく》するつもりもない」

俺が口籠《くちご》るとトーレさんはそう言って笑った。

な、なんて慈悲深い方なのだろう……。

と女神降臨に涙しているとギルドのカウンターにいる受付嬢から声を掛けられた。

「『薬草採取』のクエストを達成、ユウ・ヤシロ様はギルドに登録されました。改めて、クエストクリアお疲れ様です」

巨乳ちゃんは事務的な対応で続ける。

「ヤシロ様に採取して来て頂いた薬草なのですが、その殆《ほとん》どが『精霊草《せいれいそう》』と鑑定されました。こちらの方は換金してしまいますか？」

「精霊草？　薬草じゃないの？」

聞きなれない単語に首を傾《かし》げると、巨乳ちゃんはコク、と小さく頷《うなず》いた。

「正確に言えば同じ『ヨークナル草』の一種ではあります。ですが妖精の加護を受けた物を調合することによって、通常種の効能を大幅に上回ることが発見されたために付けられた俗称になります」

ほー……つまりこれは亜種とか変種って奴？

「ちなみにお一つお幾らで？」

「一つ千五百ｆとなります」

「高っ！」

通常の薬草と比べて五十倍である。これはお高い。

「ぜ、是非換金してください！」

この世界での調合学には魔力が必要となってくるため、魔力が無い俺にはこのレアアイテムは宝の持ち腐れとなる。さっさと売ってしまおう。

「あ、あとお金を入れるような巾着袋《きんちゃくぶくろ》ってあります？　買えるなら差し引いてくれて良いので」

「はい。当ギルドでは千四百ｆで魔袋《まぶくろ》をご用意してます。如何《いかが》でしょうか？」

魔袋って確か空間魔法で半四次元ポケットになってるっつー不思議アイテムの事だよな？

千四百か……百ｆで林檎《りんご》二つ買える値段と考えると……買いだな。

「差し引いてください」

「はい。……では、合計金額は三十万千二百六十fとなります」

さ、三十万か。まぁ何もない状態で不安だったからこの金額は素直に嬉《うれ》しいな。これだけあれば余裕が出るってもんだ。お札だから嵩張《かさば》らないし……、と思ってたらテーブルの上にジャラジャラと音を立てて置かれる数種の、そして大量の硬貨。

し、しまった！　現代日本で考えてた！　この世界に紙幣はねぇ!!　うわっ、うわっ！　やめて！　そんな音を立てて置かないで！

瞬間、ギルド内が静まり返った。……そして突き刺さる多くの視線。

恐る恐る後ろを振り返ると、そこには恐ろしい形相でこっちを見てるおっさんたちが!!

「あ、ありがとうございます」

若干、言葉に詰まりながらポーチ型の魔袋に硬貨を流し込み、腰に巻いてギルドから立ち去ろうとすると、

「おいにーちゃん、随分景気良さそうだな？」

数人のむさ苦しいおっさんどもに囲まれた。

(うげっ男臭ぇ！)

筋肉隆々の先輩方に囲まれ、俺は拒絶反応が起こり身体がプルプルと震えて来た。

それを見てどう思ったのか野郎どもはニヤニヤと笑いながら俺の肩に手を乗せて来た。大体、カモだとでも思ってるんだろうが、この時俺は大した思考ができずにいた。

（うぷっ……もう、無理っ）

後先考えずにおっさんたちをぶちのめそうと身体が動き始めた瞬間に、天使の声がギルド内に響いた。

「良い歳《とし》した男が新人いびりなんて情けないと思わないのかい？」

静かだが威圧が込められたそのトーレさんの一言に、野郎たちは顔を青ざめながら俺から離れていった。

「アイツらも悪い奴じゃないんだがねぇ。……ま、ぽっと出の奴に話題を持ってかれて面白くないのさ。……許してあげておくれよ」

という、もはや女神のような慈悲深いお言葉をトーレさんは俺に授けてくれた。

そう、おっさんたちの立場で考えてみると見えてくるものがある。

俺だって悔しく思うだろう。だって男の子だもん。

「ま、金に余裕ができたんなら少し奢《おご》ってあげなよ。そうすりゃ男ってのは現金なもんだから、コロッと態度が変わるだろうさ」

俺もその男の一人なのだが、女神《トーレさん》の言葉こそ真理だと半ば確信していた俺はそれを快諾……しちゃったのがいけなかったのかな？

「聞いたかい野郎ども！　新人があたしらに酒を奢ってくれるとよ!!」

「「「「うおおおぉぉっっ!!」」」」

一瞬でギルドに居た傭兵たちが歓声を上げた。

気づいた時にはギルドに併設された酒場へ連れられトーレさんを始めとしたギルドの女性陣によいしょされ財布の紐《ひも》を取っ払って酒場の酒を買えるだけ買いきった後だった。

「あれ？　俺は一体何を？」

手に牛乳が入ったグラスを持ちながら俺は首を傾げた。

「どうしたんだいユーヤ・シロウ。元気がないじゃないか」

隣のトーレさんが苦笑気味にそう聞いて来た。

その頬《ほお》は酒気を帯びて、褐色の肌でもわかるくらいに赤かった。

「いや、まぁ後々面倒な事になるくらいだったら投資ってことで良いんですけどね」

トーレさんが新人相手にこんなことした理由は何となくわかる。そして申し訳なしと思ってくれてることとも、何となくは。

「ただ、どうせなら女性陣だけとしたかったたですよ」

「……クッ、アハハハハッ！　ユーヤ・シロウ、アンタは面白い奴だねぇ。気に入ったよ」

ジョッキ片手に爆笑したトーレさんはそう言って顔を近づけ、

「次の機会を楽しみにさせて貰うよ、ユーヤ」

蠱惑《こわく》的な笑みを浮かべ、トーレさんは口元をつり上げた。

四話　二代目勇者のはじめての戦い

僕の名前は天城海翔《あまぎかいと》。高天ヶ原《たかまがはら》高校の二年生だ。

普通の男子学生を自称していた僕だが、なんの間違いか異世界に来て勇者になんてなってしまった。

……正直怖かったりする。勇者の任を受けた後にこんなこと言うのはあれだが、なんで僕が勇者なんかになったのだろうか。

……いや、僕はこの世界の人たちよりも大きな力を持ってるんだ。なら、その力を役立てないでなんになる？

魔力測定を終えた僕たちは宮廷魔導師という人たちが束になっても敵《かな》わない魔力量を誇るらしいことを知った。

魔法の使い方さえ学べば誰よりも強くなるとも聞いた。

だから戦う。力が、あるから。

「勇者殿？」

考えに耽《ふけ》っていると、後ろから声を掛けられた。

「えっと……リーシェ……さん、でしたよね」

「私のことはリーシェとお呼びください。……月見ですか？　確かに今日は良い蒼月《そうげつ》の日です」

僕らを召喚したルクセリアという国に仕える女性騎士リーシェさん。月に照らされその金の髪は蒼白《あおじろ》く輝いている。

……蒼い月。

リーシェさんが言った通り僕の視線の先には闇夜を照らす蒼い月が爛々《らんらん》と輝いている。

僕たちの世界にはなかった、明らかな差異。ここが異世界だと否応《いやおう》なしに思い知らされる。

「……眠れないのですね？」

「え……な……んで」

彼女の言葉に、思考の渦に巻き込まれかけていた僕は驚いた。

確かにそうだったからだ。

茜《あかね》や咲夜《さくや》、晶《あきら》に社《やしろ》君は今ごろ寝ているのだろうが僕はどうにも寝付けず、お城の中庭を散歩していたところだ。

魔力測定後、身体の中で渦巻く魔力を感知できるようになってしまい居心地が悪いのか、はたまた……。

「誕生日を翌日に控えた子供のような目をしてらっしゃいます」

「え……？」

月夜に照らされた騎士は笑みを見せた。

「当たりの、ようですね」

ニコリと笑った彼女に、僕は恥ずかしく思った。

「みたいです。……力があるから戦わなくちゃ、なんて息巻いてたけど結局……僕はワクワクしてるだけなんですよ。……だって、勇者ですよ。格好いいよ、こういうのに、僕はなりたかった！」

そう、興奮していたのだ。勇者と呼ばれ混乱してはいたが、今日、魔力という超常の力を手に入れ、それを使ってみたいと思ったのだ。

勇者になって、世界を救う……そんな大層な、普通の人間ではできないようなことが、今目の前に待ってるんだ！

「子供みたいにはしゃいでるだけなんですよ。カッコ悪いでしょう……？」

幻滅させてしまっただろうか。気になり彼女を見やると、彼女はクスクスと笑った。

「カッコ悪くなんて、ないです。……子供の頃、人は誰でも騎士や英雄……偉大な者に憧《あこが》れを抱くものです。騎士になってやる、勇者になるんだ！　……そう息巻くんです」

彼女は蒼い月を見上げながら、続ける。

「けど息巻くだけではなれません。あの時は子供だったんだ、などと過去の、子供だった頃の想いを否定しては到底なれないのです。……私は三年前、先代様と共に戦っていた聖女様と出会いました。勇者様のことは多くを覚えていませんが、聖女様のことはよく覚えてます。私は、あのような優しく、温かい人間に、そして、その温かさを守る勇者様に憧れ騎士を目指したのです」

彼女はクルッ、と僕に向き直る。

「未《ま》だ若輩者ながら騎士にはなれました。……想いを忘れず否定せず。……ですから勇者殿。貴方《あなた》も今の想い否定せず、貫いて、勇者となってください」

そう言って笑った彼女。

その背後で、何かが歪《ゆが》んだ。

「ッ、誰だ！」

彼女が先ほどまでの優しい声とは正反対の、どこまでも冷たい声で叫ぶ。

それに呼応してか、何処《どこ》からともなく、炎が爆《は》ぜた。

「ふふふ、随分なご挨拶《あいさつ》だ。わざわざ一人で来てやったのに、さ」

炎の中から現れたのは、炎のように紅《あか》く煌《きら》めく髪を持った長髪の女性。

それだけだったらまだ良かった。……だが彼女の肌は、蒼い月に照らされ、蒼白さが増していた。

「魔族っ!?」

リーシェが腰に佩《は》いていた両刃の剣を抜き払う。

そしてリーシェの言葉に僕は絶句する。

コレが魔族！

紅髪の女を見た瞬間に抱いた強烈な不快感。その理由がわかったのだ。

人類の敵。世界を食らう者たち……。

「ご名答。俺は魔王軍六刃将が『炎斧《えんふ》の戦姫』、なんて呼ばれて……」

「覚悟おぉおっ!!」

リーシェが魔族の女が言い終わるより早く駆け出す。白銀の剣に光が集い、極光の剣となったソレを魔族の女に向け振り払う!

「クハハハッ! 話の最中に切りかかってくるなんざ、無粋だなぁ! そんなに必死にならなくてもいいじゃないか」

がしかし魔族の女は炎で作られた斧槍《ハルバード》を片手に防ぎきる。

「そ、そんなっ……私の、魔装剣が……!」

己の必殺剣を容易《たやす》く防がれたことに目を見開くリーシェ。

「甘い甘い。アイツの技はもっと恐ろしいもんだったぜ? 同じ技で随分違う!」

ギインッ、と剣を弾《はじ》かれるとそのまま距離を取るリーシェ。

「俺は今、他の奴らと殺《や》り合う気分じゃねぇんだよ。テメェは黙ってな」

金色の瞳が僕とリーシェを射抜く。

すると途端に、身体の自由が奪われたように固まった。

「ぐっ! ……こ、この見えない縛鎖《ばくさ》ッ、貴様は、『断罪のアグニエラ』だな!?」

身動きができない状態ながら果敢に挑もうとするリーシェ。

その態度が、いけなかった。

「……ったく、本当に失礼だなぁ人間っていうのはよー。それは仇名《あだな》だからやめて欲しいんだが？……それともなにか？　俺と対等だとでも錯覚してんのか？」

ぼんっ。そんな軽い音と共に目の前のリーシェの頭が爆ぜた。

「……え？」

「俺がそう呼ぶのを許すのは一人だけなんだよ、クソが。……あー、たく、久しぶりにアイツと戦《や》れるって思ってたのによー。気分悪いぜ」

魔族の女は苛立《いらだ》たし気にそうぼやくと、視線を僕に向けた。

なんだよコレ。……なんなんだよ、コレ。

目の前に転がるのは、頭だけがきれいに無くなった死体。

吹き出す鮮血が、つい先ほどまで生きていたと知らせる。

なんなんだよ……なんなんだよ!!

温かい人に、なるって、言って、……想いを、貫くって……

「おい、テメェは勇者を知ってるよな？　生かして欲しいなら居場所教えろ。こっちから出向いてやるぜ」

勇者？

「……ちゃんと聞いてんのか？　人間」

……勇者って誰だよ。

魔族を、魔王を倒す勇者って、誰だったんだよ。

◇

「あ？　……んだその目つきは。……なーる、テメェも死にたい部類みてーだな。……たぁく、アイツと死合う前に雑魚《ざこ》相手なんて萎《な》えるよなー」

目の前で女が死に、目に見えて震えていた人間が、突然もの凄《すご》い形相で睨《にら》んで来た。

別にそれに恐怖したわけじゃない。この程度の殺気なんて、アイツほどじゃあない。

ムカついただけだ。

アイツ以外の人間はみんなクズだ。雑魚だ。

下等生物だ。

そんな雑魚が怒りを露《あらわ》に睨み付けて来たんだ。

ま、こんな奴サクッと殺してアイツと早く会いたいぜ。

そんな風に思った俺の視界が、グラリと回った。

「……あん？」

気づくと俺の視界は開けていて、満点の星空と蒼月が見下ろしていた。

チラ、と視線を横に向けるとそこには俺の下半身と、アイツと同じ、確か魔装剣っつったか？　光る剣を振り抜いた姿勢の、さっきの人間。

「……へぇ、やるじゃん」

先ほどの苛立ちが吹き飛び、歓喜が身を震わす。

ただの雑魚が、俺に一矢報いたのだ。

想像を越えてみせた人間に、俺は興味を持った。

「お前が言っている勇者っていうのは、先代の勇者のことか……？」

「あん？」

魔族の頂点に位置する魔王。その配下にして最強の六刃将の俺を、人間が見下ろす。

「……俺は当代の勇者、天城海翔《あまぎかいと》。……貴様ら魔族を、根絶やしにする者だ」

その少年の瞳には、憎悪が刻まれていた。

◇

「へぇ。……テメェみたいな雑魚が勇者だと？……」

切り伏せられた魔族の女は楽しそうに嗤《わら》う。

「何がおかしいッ……」

怒りに我を忘れ、感情に支配されていた僕は気づけなかった。上下に切り離された身体から、一滴たりとも血が溢《あふ》れていないことを。

「荷が勝ちすぎだよ」

気づけば、背後から女の声が聞こえた。

「なっ!?」

瞬間、上半身だけで転がっていた魔族の女の身体が炎に包まれ、一瞬で鎮火する。

「俺たち魔族は高い不死性を持ってる。……今みたいに手加減すると、……死ぬぞ？」

首筋に焼けるような痛みが走る。いや、焼けている。

「ぐっ……うぅっ！」

「どうだい、俺の炎斧《えんふ》は？　触れていないのに、熱いだろう？」

首筋近くに迫る炎の刃が、肌を焦がす。

(このまま、殺されるのか、僕は)

肌を焦がす熱が死を予感させる。このまま少しでも刃が身体に触れれば全身に炎が回り焼死する、そんな未来を幻視した。

(イヤだ、死にたく、死にたくない……僕は、僕はただの学生なんだ。僕は、勇者なんかじゃ……)

「……クハハ。やっぱりアイツとは違う。こんなことしたら俺が殺されてるところだった」

そう言って、炎髪の魔族は炎斧を引いた。

「つ、はぁっ……はぁっ……！」

焼けた首筋を抑える。痛みが横に……刃の跡に沿うように走る。

「勇者様っ！」

「海翔！」

「無事か！」

「海翔さん！」

痛みに踞《うずくま》っていると、知った声が僕を呼ぶ。

ルクセリアの王女、イリス・クラウデ・ロ・ア・ルクセリアさん。

幼馴《なじ》染みの茜に、剣道の師匠の咲夜、親友の晶。

……僕は、生きてるのか？

皆の声を聞いて、ようやく痛みを理解した。

痛い。僕は今、痛い。


生きて、いるんだ。

◇

「あーあ、だらしねぇ。……しかしアイツに会えるって思ったから来たのに勇者ってだけの別人とはな」

アグニエラは炎斧を肩に担ぎ、目の前で気絶した二代目勇者を見下ろす。

「アイツの代わりにゃなるか？　……いーや、無理だな。アイツの……ユーヤの代わりなんて誰にもできやしねぇ」

くつくつと嗤うアグニエラは炎斧を掻《か》き消した。

ジャラジャラジャラジャラジャラジャラジャラッ!!

「……おお？」

武装を解いた一瞬を狙《ねら》ったのか、どこからともなく現れた鉄鎖《てっさ》に身体を縛られる。

「こいつは……天狼の楔《グレイプニル》……そう言えば、人間の王族には強力な魔法を使う奴もいるって言ってたっけ」

「このまま貴女《あなた》を絞め殺すことも可能ですっ。……答えて貰《もら》いましょうか。先《ま》ずは貴女の名を。そして、何故《なぜ》魔族の貴女がここに居るのかを」

右手を突き出したのは絹糸のような金色の髪をなびかせながら、強い眼差《まなざ》しでアグニエラを睨むルクセリアの姫、イリス。

その姫の言葉に気を悪くすることもなく、楽しげに答えるアグニエラ。

「俺の名はフラム。『炎斧の戦姫』なんて呼ばれてる。安心しなよ、俺は何も戦争おっ始めるつもりなんかないんだよ。ただ勇者と一戦交えたくてなぁ」

アグニエラの答えにイリスの表情に焦りが生まれる。

「勇者召喚を気づかれないと思ったのか？……まあそれに関しては良いや。問題はそいつが勇者ってだけの別人だったってことだよ。俺はユーヤ・シロウと戦いたかったんだがなぁ。……そんなところかな」

言い終わるか否か、アグニエラを縛っていた天狼の楔《グレイプニル》が更にアグニエラの身体を締め付け、鎖の一部が首まで締め付けた。

「魔王軍が頂点、六刃将……この場でっ」

ルクセリアの姫は魔族であるアグニエラをこの場で殺そうとした。

だが、

「馬鹿だなぁ。……殺せないくらい強いから頂点なんだぜ？」

神すら縛り上げる天狼の楔《グレイプニル》が、焼き切れた。

「クハハハハッ！　そこの二代目に言っておけよ？　……『強くなれ』ってさ。……クハハハハっ、楽しみだぜ」

そう言って炎を纏《まと》い掻き消えたアグニエラを止められる者は誰もいなかった。

五話　先代勇者はひらめいた

久しぶりに悪夢って奴を見たよ。

三年前勇者として戦っていた時に出会った戦闘狂が出てきて、

「戦えー！　俺と戦えー！」

と詰め寄ってくる夢だ。

あー、嫌な夢だった。

俺はギルドから提供された部屋のベッドから起き上がり身体を伸ばす。

ギルドは低ランクの人を対象とした簡易借家を提供していて、そこに泊まったのだ。

床より硬いと言われるそのベッドは、岩の上でも熟睡できるはずの俺ですら寝付けず、随分と浅い眠りとなった。

今思ったが横にならずに座って寝た方がたぶん寝れただろう。後の祭りである。しかし俺は今日も今日とてギルドに向かうのだ。

いや、まあ二日目で大層な言い方ではあるが。

ベッドから起き上がった俺は道具袋から制服でない、一着の服と革の籠手《こて》とすね当てを取り出した。

これは魔袋《まぶくろ》の中に入っていた低ランカー推奨の防具だ。魔袋を買った低ランカーにはおまけとして付いてくるらしい。

防刃性などは低いが破れ難《にく》い頑丈な服に、革製の防具を身に纏《まと》った俺は完全にファンタジーの住人だった。

全体的に茶色っぽくなったのが嫌っちゃ嫌だな。貧乏っちくて。

ちなみに制服は道具袋の中に押し込んだ。体積に関しては問題なかったが折り畳んで小さくしないと入らなかった。

今度から馬小屋を借りようと決心しながらも一泊した部屋を後にした俺は歩いて五分くらいでギルドに到着した。

トーレさん居るかなぁ、でもなんだか怖いなーと内心ハラハラとしながらギルド内に入ると、そこは息が詰まるような緊張感に包まれていた。

あれー？　なんでこんな暗いの？

昨日のイメージで、ギルドというのはもっとフランク（すぐ喧嘩《けんか》を始めたりして暴力的で、酒を飲みながら下世話な話をしたりする、良い子は真似《まね》しないでねとテロップが入りそうだが、厳格な騎士団と比べればフランクなのだ）なイメージを持っていたのだが……。

昨日突っ掛かって来たおっさんたちも完全武装で無駄に真面目な顔をしてるし、昨日俺をよいしょしてた女性たちも防御性能を疑問視するようなエロ装備に身を包んでるし……。

討ち入り直前みたいな様相を思わせる様子に、俺の好奇心は刺激された。

「あのー、お姉さんお姉さん」

「あ。……はい、おはようございます。どうかなさいましたか？」

一瞬変な間《ま》が生まれたが、受付の巨乳ちゃんはギルドを包む空気に、敢《あ》えて反抗するかのように満面の笑みを見せた。

多分今の間は、「薬草を山のように持ってきた新人か」と認識された間だったのだろう。

二つ名で、薬草集めのユウ、とか言われそうで怖い。

「この様相は一体…」

「え？　……ああ、ギルドの強制徴兵が発令されまして……」

「強制徴兵？」

「はい。Cランク以上のランクを保有するギルドメンバーに限り、ギルド側は半強制的に徴兵することが可能なのです。……ユウ・ヤシロ様はEランク。徴兵の対象にはならないのでご安心を」

にこやかに答える巨乳ちゃん。

……うーむ、なんというか嫌な予感がする。こういう予感はよく当たるんだよなー。

「そーですか、じゃ、俺はこれで」

今日は厄日っぽいので去ろうとすると、

「ん？　……ユーヤ・シロウじゃないか」

俺を呼び止める声がした。……にしてもこの世界の人は何故《なぜ》こうも人の名前を微妙に変えるのか。そんな発音し難《にく》いかねぇ。

そう思いながら振り向くと、そこに褐色肌を全面に押し出したエロ装備のトーレさんが現れた。

「っ、お、ぁ……お、おはようございます」

ボンテージのような、艶《つや》のある黒い革製の装備は、レオタードタイプなのだが、鎖骨辺りからヘソの下の下腹部辺りまでがぱっくりと開いている。

トーレさんの生意気ロケットおっぱいの魅力を上手く引き出したエロ装備と言えよう。胸の谷間を上、前、下と楽しめる見事な逸品だ。

そして更には同じ材質であろう艶のある黒の革製ハイニーソが太ももまで伸びていて、これまたエロい。

「ふふ、なんだいユーヤ・シロウ。随分熱心に見てくれるじゃないか」

「!?」

クスリと妖艶《ようえん》に笑ったトーレさん。や、やべぇ……ジロジロ見てるのがバレたっ！

「子供のくせにませてるねぇ。ま、顔真っ赤にしてるアンタを見れて楽しませて貰《もら》ったからチャラとしとこうか」

お金取るつもりだったのか!?……や、やっぱ女って怖い。

……って！

「俺、もう十六なんスけど！」

「酒飲める歳《とし》になってから出直しな」

この世界、レインブルクでは一般的に十八歳を越えてから大人と見なされる。

ぐすん。

「ふふ……で、その様子だと知らないみたいだね」

「え？」

「昨日、城に爵位持ちの魔族が現れたって話だよ」

「……しゃ、爵位持ち!?」

俺は声が裏返るほど驚いた。

爵位持ち、って言うのは魔族の中でも上位に位置し、魔王に次ぐ実力を持つ。公爵級《デューク》、侯爵級《マーキス》、伯爵級《カウント》、子爵級《バイカウント》、男爵級《バロン》と五つの階級に分かれている。

ちなみに公爵級《デューク》より下は有象無象と言って良い。

男爵級《バロン》なのに強かったり、伯爵級《カウント》なのに弱かったりする。

ようは偉いだけだからね。

だが公爵級《デューク》に関しては勇者だった俺でも認める化け物しか存在しない。

だって魔王と互角な俺を、たった七人で食い止めることができるのだ。

まあ爵位持ちって言っても公爵級《デューク》じゃない雑魚《ざこ》なら優秀な騎士一個師団くらいでなんとか撃退くらい……、

「それも公爵級《デューク》、『断罪のアグニエラ』だ」

化け物だった――!!

え、え!? しかもあのフラムかよ!!

通称『炎斧《えんふ》の戦姫』。化け物どもの中でもまた異質。魔法は使わず自身の技量と特殊能力のみで戦う女の魔族。こと戦闘能力にかけては公爵級《デューク》の中でもピカ一だ。

生粋の戦闘馬鹿で、頭の中が戦うことだけで埋め尽くされた残念娘なのだ。おっぱいとお尻がおっきくて好みなんだけどねー。

ちなみに、夢の中で詰め寄って来たのもコイツだ。

更にちなみにだが、この『断罪のアグニエラ』というのは人間側が罵倒《ばとう》を込めて勝手に呼んでいる仇名《あだな》である。

なんだっけか、焼け残りの灰、とか言う意味だったたか?

これを言われたフラムはブチ切れるので注意だ。

常に切れてるけどね。

しかしここまで思考して、俺はある事に気づいた。

「……なんでそんな化け物が現れてこの国はまだ存在してるんですか?」

そう。公爵級《デューク》なんて化け物が暴れたら国の一つや二つ簡単に吹き飛ぶものなのだ。

魔導師で、戦術級《タクティクス》、災害級《ハザード》と能力を表すように魔族相手にもそう呼ぶ。

アグニエラ……いや、フラムは俺と魔王の『超越級』には流石《さすが》に届かぬものの、単体で災害級《ハザード》である。

災害級《ハザード》と言うのはその名の通り災害に匹敵する能力を持つ者たちを指す。

その中でもフラムは、二つ名に炎が付くように炎を得意とした魔族だ。

広範囲攻撃と炎熱系の攻撃は相性も良く、あいつの必殺技……確かゲヘナフレイムだかなんだかが放たれれば一瞬でこの国は焦土となっていただろう。

呑気《のんき》に寝ていた俺も含め一瞬だったはず。

それが何故俺含め生きていたのか、

「なんでも姫様の危機に、異世界から召喚された勇者が駆け付け撃退したらしいのよ。……流石勇者ね。魔王を一度は退かした力は伊達《だて》じゃないってね」

なるほど……あのイケメン君が覚醒《かくせい》だかなんだかして倒したのか。……イケメン君頼りになり過ぎんだろ。お陰で寝てるのを熱さで起こされるなんて嫌な気分になること必須のイベントを避けられたぜ。

……ん？

ここで新たに疑問が生まれたわけだが……なんでフラムは単騎で現れたんだ？

いや、トーレさんの言葉を誤解して単騎で来たと思い込ん……いや、あいつは基本単騎だったか。単騎な短気……あれ？　俺今上手いこと言った？

じゃないじゃない！　なんであいつが現れたのか、だ。

……多分だがフラムの奴、勇者＝俺と勘違いしてないか？

どっからか勇者を召喚したことが魔王軍にバレていて、三度の飯よりバトルが好きなあいつが……あり得るッ。

となるとこのギルドの状態は……。

「それじゃあ、ギルドの皆さんが完全武装なのは、勇者目当てにルクセリアに進軍してきた魔王軍に対し、国と協力しこれを撃退、または倒すため、ですか？」

「お？　……そうさ。よくわかったね」

三年前、俺が召喚された直後にそんな状況になってたからね。

つかヤバイヤバイ、俺の異世界スローライフが台無しだよッ。って言っても俺が戦場に立てば物理的に目立つし……、どうすれば良いんだ……！

「ま、アンタはまだEランクだ。徴兵対象じゃあないからね。戦いたくないってんなら、他の国に行くのも手だよ」

……そ、それだ！

六話　先代勇者は村を救う

「ふぅ、これでオーク七十四目だ」

パチパチと音を立てる松明《たいまつ》片手に、緑の肌をした豚の鬼、オークをまるでボールを蹴《け》るかのように蹴たぐる。

ドガッ、と音を立ててオークの頭蓋骨《ずがいこつ》が割れた。

暗がりの中から、オークたちがこん棒を手に現れる。巣の半数以上を蹴り殺したというのに学習能力の低いオークは果敢に攻めてくる。その数約七体。

ドガッ！　ドガッ！

それを脚を鞭《むち》のようにしならせることにより加速させた蹴りで瞬殺する。

「弱いくせに数だけは多いよな」

倒したことにより積み重なったオークの肉壁を蹴り破りながら俺は巣の最奥を目指す。

なんで薬草採取を終わらせたばかりの新人がオークなんていう魔物《モンスター》の巣窟《そうくつ》に脚を踏み込んでいるのかというと、それにはふか～い訳があったりする。

トーレさんの御告げにより他国へ旅に出ると決めた俺は早速旅費を稼ぐために精力的に働くこと

にしたのだが、数週間後には戦争だ～なんて雰囲気のギルドで薬草採取なんてしてたらなんだか場違い感が凄《すさ》まじく、低ランク討伐クエストを受けたのだ。

魔物の名は、皆さんご存じゴブリン！

ファンタジー世界の雑魚《ざこ》敵としてスライムと双璧《そうへき》を成す雑魚魔物なのだ。

ゴブリンは人を襲うのではなく人の畑を食い荒らしたりする害虫のようなもので、こっちから攻撃をしなければ怖がって寄って来ない。

カロット村という近くの農村に大量に沸いたらしくギルドが討伐クエストを組んだのだ。

で、早速カロット村に行ってみると、今まさに大量のオークに襲われかけている村人たちの姿が。

指先一つでオーク軍団をぶちのめすとどうやらゴブリンの巣をオークが乗っ取り、今この村に苗床を攫《さら》いに来た瞬間だったらしい。

……エロゲーでお世話になった人もいるかも知れないが、オークの苗床は人間（またはそれに準ずる亜人種）の女性だ。

このままではこの村の女性陣がオークどもの苗床にされてしまう。

俺は村の女性陣のためにオーク討伐を決意するのだった。

け、決して村長の娘さんが綺麗《きれい》だったからじゃないんだからね！

村を救ったらお嫁さんに……なんて思ってないんだからね！

◇

愛と煩悩の使徒と化した俺をオークごときが止められるわけもなく、俺はオークの王が居るであろう最奥へと快進撃を続けていた。

「こいつら多すぎ！　ゴキみたいにわらわら出てきてキモいっての!!」

快進撃し過ぎて囲まれ気味ですが。

元ゴブリンの巣を爆進していると大きな広間に行き着いた。そこは色んな場所に繋《つな》がる場所らしく、四方八方から豚が溢《あふ》れ出てくる。

流石《さすが》に数が多すぎる……抜くか？

と思い右手を突き出したところで、俺の視界に他のオークどもの数倍はデカイ巨体を有したソレが現れた。

「ブヒヒヒヒッ！　哀レナ人間メ！　ココデ死ニ、我々ノ糧トナルガイイ!!　ブヒヒヒヒッ!!」

醜いオークを更に醜く、肥らせた魔物、オークキング。

オークの中では高い知性を持つが欲望に忠実な所は変わらず、苗床としてよりも、性欲の捌《は》け口として女性を凌辱《りょうじょく》するという外道だ。

「ブヒヒヒヒッ！　ブヒっ、……」

ドガッ！

オークキングの首がゴロリ、と転がる。

次いで降り注ぐ鮮血に、オークキングの配下たちは混乱し、醜く騒ぎ立てる。

「お前らに恨みは無いが、……シェリーさんとの愛のために、死ね」

シェリーさん＝村長の娘さん（美人）。

うはははは
っ！　最高にハイって奴だぜー！

愛の奴隷と化した俺に勝てる筈《はず》もなく、オークどもはブヒー、と鳴き喚《わめ》きながら蹴り砕かれていった。

◇

ブヒヒヒヒーッ！

「オラ！　逃げんな！」

逃げ惑う豚を蹴り殺しながら走っていると、やけに大きな入り口を見つけた。

大人数人が肩車しても楽に入れるような……まるで、オークキングが入ることを前提に開けられた穴のような……。

『いやぁあああっ！　誰かっ、誰かあああぁぁぁっ!!』

俺が数秒思考すると、その部屋から絹を裂くような女性の悲鳴が鳴り響いた。

（そうかっ、オークキングが入れるってことは、そういうこと用の部屋ってことだよな!!）

その答えに行き着いた俺は迷いなくその穴へと入って行った。

『誰かっ……っ!!』

そこには着ている服を裂かれ、今まさにオーク数体に犯されようとしている少女の姿が……。

ブチっ。

何かを引きちぎるような音が地下であるこの巣の部屋に響いた。

「我が魂は願う《ソウル・ディザイア》！」

左手で持つ松明すら霞《かす》むほどの光を放出しながら、ソレは顕現した。

「古き盟約に従い、来たれ」

ソレは一振りの剣。ソレは古《いにしえ》より共に居た、

「アル!!」

半身。

勇者である俺が、この世に生まれた時より共に生きてきた、俺の生涯の友。

「この外道の糞野郎《くそ》ドモガアアアアッッ!!」

オークを、極光が吹き飛ばす。

剣を振るっただけで巻き起こった光の嵐は、そこに居たオークを、巣ごと吹き飛ばした。

「……あ、アレ!?」

気づいた時にはもう遅かった。まるでラスボスを倒した後の最終ダンジョンのように崩れゆく元

ゴブリンの巣、現オークの巣。いや、もう元オークの巣か。

「って、だあああぁっ!?」

ゴゴゴゴ、と轟音《ごうおん》を立てて崩れる巣と共に、俺の叫びは押し潰《つぶ》されていった。

◇

カロット村の村人たちは困惑していた。

ゴブリンを討伐しに来たという黒髪の少年が、そのゴブリンの巣を奪い根城にしていたオークを狩りに行ってから半日経《た》った。

日は落ちかけ、村でも松明を付けていたところだった。

異国の生まれなのか、珍しい髪の色をした少年の安否を心配していた村長や村人たちが、オークの巣の方向を心配げに見ていた時に、それは起こった。

オークの巣の方向から、光の柱が上がったのだ。

まるで太陽の光を閉じ込めたような光の柱は、黒に染まりつつあった空を照らし、辺りを真昼のような光に包み込んだ。

その光が収まると、今度は激しい地鳴りが起こった。

天変地異の前触れか!?と騒ぐ村人たちだったが、地鳴りがすぐに止《や》んだことに困惑した。

それからは誰も、何も言えず、その場に立ち尽くしていた。

そしてどれだけの時が経ったのだろうか……村の入り口から、人影が見えたのだ。

松明に照らされている村人たちは、明るさに目が慣れているせいか、その人影が照らされるまでその正体がわからなかった。

「……」

黒髪の、あの少年だった。

見ると彼の腕には、彼の髪や瞳のような夜を思わせる黒の服を掛けられた女性の姿。

「誰か、手を貸してくれ！」

若いながらも意思の強さを思わせるその声に、村人たちは弾《はじ》けるように駆け寄った。

「オークの巣で犯される寸前だったんだ。男が居ると怖がるかも知れない。できれば女性だけで手当てして欲しい」

裸体の上に黒の服一枚を掛けられた少女……彼女はエルフだった。若葉のように淡い翠《みどり》の髪をした、耳の尖《とが》った女性は泥にまみれていた。

いや、エルフの少女だけではない。

彼女を助け出したと思われる少年もまた、泥だらけだった。

「村長」

少年から呼ばれ、村の村長が人垣より一歩前に出た。

「すまない。オークは全滅させたがゴブリンは一匹もいなかった。クエストを失敗してしまいました」

七話　エルフ少女は観察する

「んっ……」

陽《ひ》の光を浴び、私は目を覚ました。

目覚めは良い方であると自負している私は、寝起きの微睡《まどろ》みに囚《とら》われることもなく、身体を起き上がらせる。

「っ……？……！」

起きる時に、ふと身体のあちこちに痛みが走る。

何故《なぜ》？と思うと、その理由を思い出した。

私は旅の途中、醜いオークどもに囲まれ袋叩《ふくろだた》きにされて奴らの巣へ連れ込まれたのだ。

そしてオークどもに犯されようとした瞬間に、私を光が覆い尽くした。

そう、この天より降り注ぐ陽光のような、暖かい光が……。

あれは一体なんだったのか？と思案していると、部屋のドアが開かれた。

「あら？　目が覚めたのね？」

木のドアを開いて現れたのは、茶色の髪をした女性。

「痛む所はある？」

女性はベッドに座る私のすぐ近くに置いてあった椅子《いす》に座りながら聞いて来た。

「……少し。けれど、動く分には、問題、ない、でし」

拙《つたな》いイシュレール語だ。自分でもわかる。

しかしつい数年前までエルフの里に居た身としては随分成長したものだと思う。

「ふふ、それは良かったわ」

花を思わせる笑みを見せる彼女。

「あなた、お名前、なんでしか？」

この女性が助けてくれたのだろう。私は彼女の名を聞きたくなった。

「私の名前はシェリリー。貴女《あなた》のお名前は？」

「わたし、リリルリー。古い言葉、で、癒す、人、という意味でし」

「そう。良い名前ね。素敵だわ」

心底思ったのだろう。彼女は同性の私ですら見惚《と》れる笑みで答えてくれた。

私は確信した。この女性が私を助けてくれたのだと。

「シェリー、さん。あなたが、たし、助けてくれたのでしか？」

だからお礼を言おうとしたのだが、彼女は私の言葉を首を横に振ることで否定した。

「いいえ。貴女を助けてくれたのはギルドの方でユーヤ・シロウという男性よ？」

◇

「この、人が？」

「ええ。……ふふ、よく寝ているでしょう？」

私を助けてくれた男性に礼をしたいと言うと、彼女は同じ家の、違う部屋へ私を連れていってくれた。

そこに居たのは、

「うへへへ～、シェリーさんって着やせするタイプなんですね～……ぐこぉ～」

夢の中でシェリーにイヤらしい事をしているだろう、だらしない顔をしながら寝ている男だった。

「……」

私は思わず絶句した。

こんな、こんな品性の無い男に、私は助けられたのか……？

自分を助けてくれた男性は人の国で言うところの白馬の王子様のような人で……なんて少しでも甘い想像を思い浮かべた自身を叱《しか》りたくなった。

「ん～っ、ちゅちゅちゅちゅちゅちゅっ」

「!?」

嫌悪感が走った。

彼は突然空に向かい唇を突きだし接吻《せっぷん》の真似《まね》事をし始めた。

いや、しているのであろう。夢の中で、シェリーに対して。

「ふふふっ。彼、面白いでしょう？」

私があまりの気持ち悪さに戦慄《せんりつ》していると、隣のシェリーが笑う。

「おも、しろい？　……これ、が？」

「ええ。普段との差がね？　……あ、そうか。リリルリーは知らないんだものね。……見ててね？」

私が汚物を見るように指を向けると、彼女はクスリと笑い彼の近くに行き、囁《ささや》いた。

「ご飯にします？　お風呂にします？　……それとも……」

「シェリーさんでえぇぇぇぇっつ!!　……あれ？　……俺は今？」

彼女の囁きに一発で覚醒《かくせい》した彼は起き上がり、脳内で広がっていたであろう夢と大きく異なる目の前の光景に首を傾《かし》げた。

「ふふ。おはようございますユーヤ君。朝御飯ができましたよ？」

「ありがとうございます、シェリーさん。……今日の朝御飯はなんですか？」

シェリーが寝起きの彼に声を掛けると、彼は先ほどまでの変態性を感じさせない好青年のような爽《さわ》やかな態度で返す。

「ホーンラビットのシチューです。自信作ですよ？」

「本当ですか？　俺、好きですよ、シェリーさん……、のシチュー！」

「うふふ、ありがとうございます。先に一階に行っていて頂けますか？」

「はい！」

そう言って爽やかに去っていった彼。

「ね？　可愛《かわい》いでしょ？　視線はえっちなのに、必死に隠す姿は」

私はシェリーを誤解していたみたいだ。

シェリー、貴女は小悪魔系というやつなのだろう。

◇

それから私は一日掛けてユーヤ・シロウという男を観察した。

・滞在している村の手伝いに畑仕事をするユーヤ・シロウ。
慣れない手つきながら畑仕事が楽しいのか、鼻唄《はなうた》混じりに鍬《くわ》を地面に下ろす様子は、こちらまで楽しくなるような姿だった。

がシェリーが現れると、露骨に彼女の身体をなめ回すように見る。

やはり変態だ。

・またまた手伝いで樵《きこり》の仕事を手伝うユーヤ・シロウ。

本業の樵が唖然《あぜん》とするほどの手際を見せた。太さが大《だい》の大人を越す大木を一刀の下に叩き割り、半分に割られ倒れようとする大木を落ちきる前に微塵《みじん》切りにせしめた。

これを樵が使う、切れ味よりも頑丈さを重視した斧《おの》でやって見せたのだから凄《すさ》まじい。

が、その話を聞いたシェリーに褒められると途端に先ほどまでの凛々《りり》しさが瓦解《がかい》し、だらしない顔で変な笑いかたをし始めた。

やはり変態だ。

・昼を越えると、村の子供たちの遊び相手になるユーヤ・シロウ。

昼食を終えた彼は約束でもしていたのか村の子供たちと遊び始めた。

鬼ごっこという遊びで、鬼と呼ばれる役柄（基本一人）が逃げる人に触ると鬼役がその触れた人に移り、追走者が替わっていくという奇妙な遊びだ。

彼は鬼になると尋常ではない速度で逃走者を追い、逃走者になるとその逆にゆっくりと逃げるという動きで遊びを大きく盛り上げていた。

場所を制限しているらしく、彼が壁に追い込まれた時などは見ていて私も笑ってしまった。

がシェリーが視界に入ると途端に動きが変わる。人外じみた動きで子供たちを捕まえ、逃げ始めた。

子供たちもその動きを見てキャッキャッと喜んでいたものの、ゲームバランスを崩してまでシェリーに良いところを見せたいのか？と私は憤る。

やっぱりただの変態だ。

・木刀を手に素振りをするユーヤ・シロウ。
子供たちとの遊びに一応の決着を付け、もっと遊びたいとごねる子供たちを、また明日、と苦笑しながら家へ帰すユーヤ・シロウ。

今日もこうして約束していたのだろう。

子供を全員帰した彼はシェリーの父であるこの村の村長に木刀を借り、家の庭で素振りをし始めた。

木刀を持ち上げては降り下ろし、持ち上げては降り下ろす。そんな単調な動作を何度も何度も繰り返す。

最初はつまらないことを、と思っていたが、何度も繰り返すうちに、私はその動作を美しいと思うようになっていた。

洗練された動作は、たとえ剣術と呼ばれる野蛮なソレでさえも至高の芸術へと変えてしまうのだと私は知った。

素振りを繰り返していると、彼は突然木刀を地面に突き立て上の服を脱いだ。

こ、こんな外で服を脱ぐなんて！　やはり変態だ！　と慌てた私だったが、彼が服を放《ほう》り投げると、ドサッ、と服が落ちたとは思えない音がした。

彼は尋常でない量の汗をかき、その汗を吸って重しとなってしまった服を脱ぎ捨てたのだ。

服の下から現れた肉体は、これまた至高の域に至っていた。

無駄な肉が無いと言えば良いのだろうか？　彼の身体は風のような速さで疾駆するために最適化された魔物《モンスター》のような筋肉を有していた。

隆々としているわけでもなく、しかしその筋肉は見た者の視線を掴《つか》んで離さない。

上半身の服を脱げ捨てた彼は、今度は素振りではなく、まるで目の前に敵がいるかのように振るい始めた。

ブンッ、ブンッ、と振るう度に風切り音を出す木刀。

それを振るう彼は鋭い視線で目の前の虚空を睨《にら》む。

その視線の鋭さに私は戦慄を覚えた。

相手の一挙手一投足を見逃さない！という視線。

射殺すようなその視線に晒《さら》されては、人はそれに恐怖してしまい、まともに戦えなくなってしまうのではないかと感じた。

そして彼はそうして動きの鈍った敵を、まるで蛇のように狡猾《こうかつ》に仕留めるのだろう。

戦慄を覚えぬ筈《はず》がない。

なんという計算し尽くされた戦いだろう。

そう思った私の考えは、良い意味で裏切られた。

ニッ。

彼は笑ったのだ。

人を食ったような笑みでなく、ただただ純粋に闘争を楽しむ、子供のようなその笑顔。

ドクン、と私の心臓が高鳴るのがわかった。

……私は何をバカな事を考えていたのだろう。彼は、そんな狡猾な戦いはしていなかった。

いや、これも違う。

そう、射殺すような視線を受けまともに戦えなくなる者など、彼の敵ですらないのだ！

彼はそれを耐え、越えて来た一流の戦士こそを敵と認め、戦っていたのだ。

では彼に笑みを生ませた誰かは、彼が認め勝負を楽しいと思うほどの相手なのだろう。

もしも今、その好敵手が彼の前に居たのなら、世紀の名勝負を目に焼き付けられたのに……。

私は虚空に浮かぶ彼の好敵手を見れぬことに不思議と絶望を覚えていた。

ブンッ！

素振りを始めてどれだけの時間が経《た》ったのだろう。

一際大きい風切り音が鳴ると、そこには振った木刀を空中で止め、時を止めたかのようにピタッ、と静止した彼の姿。

勝敗が決したのだ。

空中で静止した刃《やいば》は好敵手の首元に当てられているのだろう。

木刀を、希代の鍛冶《かじ》師の打った名剣に見間違えた私を、誰が責められようか？

私は戦士として至高の戦いを見せてくれた両戦士に思わず拍手を送っていた。

「！」

彼が私を見た。

ドクン、とまた胸が高鳴った。

彼の目は驚きに丸まっていた。どうやら傍観者は居ないと思っていたのだろう。

「っ……」

二人の世界を壊してしまったか？と不安になった私は、彼が次の瞬間に見せた歳《とし》相応の、照れた笑みに、心を奪われた。

ドクン、ドクンドクンっ。止まらない。

私の胸の高鳴りが止まらない。

どうしてしまったのか。私の胸は、痛むほどに激しく鼓動する。

顔が熱くなり、苦しくて息も辛《つら》い。……これは、……一体？

私が初めて覚える身体の異常に慌てていると、村長の家からシェリーが現れ、夕食ができた、と言って私と彼を呼んだ。

彼からは先ほどまでの勇ましく研ぎ澄まされた雰囲気は吹き飛び、生涯を共にした愛剣を思わせていた木刀を放り出し、だらしない顔でシェリーの元へ駆け出していた。

その姿を見て、私は何故《なぜ》か嫌悪ではなく悲しく思った。

先ほどとは違う、胸が張り裂けそうな痛みが私を襲う。

苦しさに泣き出しそうになった私だが、彼の捨てていった服を拾い上げると、おかしいかな、少しその痛みが和らいだ気がした。

彼は……変態だ……多分……。

◇

「ふぅ……」

私は夕食を頂き、朝起きた時に寝ていた部屋で小さくため息をついた。

ベッドに腰掛けると、コンコン、と部屋の扉がノックされた。

「はい、どうぞ」

「ふふ」

扉を開けて現れたのはシェリーだった。

「彼はどうだった？　……そんなに、悪い人だった？」

彼女は朝と同じようにベッド近くの椅子に座り、優しい微笑《ほほえ》みで聞いて来た。

「……いえ。……悪い、人間では、なかった」

今日一日彼を観察してわかった。彼は確かに女性、特にシェリーを見て淫《みだ》らなことを考えるような人間だが、決して悪ではない。

むしろ、彼を慕う者は多いのだろうな……と思わせるほどの人物だった。

進んで誰かの力となろうとする勤勉さに、子供たちに見せた優しさ。そして木刀を手に見せてくれた、あの勇ましさ。

世が世で、彼に功名心があるのなら英雄として祭り上げられるほどではないかと、私は思ったほどだ。

「そう、それは良かったわね。そんな彼に、助けられて」

「っ!?」

彼女の何気ない言葉に、私は思わず立ち上がるほどの衝撃を受けた。

そう、そうだ。……私は彼に礼の一つもしていないではないか。

なんと愚かなことを!

人としての尊厳を、身体と共に犯され凌辱《りょうじょく》されようとしていた私を助けてくれた彼に、……私は、
私はお礼の言葉を言っていなかった。

あまつさえ私は、私を助けてくれた彼を『見極め』ようとしていた!

……なんと罰当たりな……、なんて、ことを。恩を仇《あだ》で返す所業ではないか！

「……！」

私は駆け出した。すぐにでも彼と会い、お礼を言いたかった。

「ふふ」

部屋から出る直前に見えたシェリーの微笑みを見て、私は心の中で彼女にも深く礼をした。

トン、トン。

彼が居るであろう部屋の扉を軽くノックする。

「はーい」

延びた声と共に開けられた扉から、半身を出した彼の姿。

「あ。……えーっと…」

彼が言い淀《よど》むのも仕方がない。

何せ名前を明かすこともせず、上から目線で彼を観察していたのだから。

「そ、その……お礼、言いたい」

この時、私は拙い言葉を酷《ひど》く呪った。

こんな言葉では伝えられない。感謝を、そして謝罪を、伝えられない。

私が苦悩していると、彼は苦笑していた表情を、笑みに変える。

『なら、君の名が知りたい』

ドクン！

甘い囁きのような声で呟《つぶや》いた彼の言葉は、私が最も上手く使える故郷の言語だったのだ。

『アレクセリア語を!?』
咄嗟《とっさ》に私はエルフに伝わる固有言語であるアレクセリア語で返す。
『ああ。友人にエルフの男性がいてね。彼と口論をしているうちに覚えてね』
そう言って片目を閉じてウインクした彼に、私はクスリと笑う。
『俺はユウ。ユウ・ヤシロ』
『え？』
突然言われた言葉を、私は一瞬理解できなかった。
『君の名は……？』
彼は、私の名を聞いたのだ、と理解した私の行動は速かった。
『リリルリーっ。私の名前はリリルリーです』
ほぼ反射的に答えた私に彼は、
『癒し人……良い名前だね』
そう、笑ってくれた。

八話　先代勇者は連れ歩く

死にたい。

突然ですが誰か俺を殺してください。

殺せ〜！　こんな絶望しかない世界なら、いっそ俺を殺してくれ〜!!

はいどうもこんにちは。みんなの先代勇者、社勇《やしろゆう》です。

なんでこんなに鬱《うつ》入ってるかと言うと、それにはこんな深い理由があったりするんですよ。

……全く深くなんてねーよ!!　シェリーさんが既婚者だったっつーだけだよバカ野郎ッ!!

……ぐすん。所詮《しょせん》この世は地獄ってわけかい。

修羅道を突き進む我に女人は要らぬ。

と言って退けれるほどの精神力が欲しい今日この頃。

あー、叫んでスッキリした。割りと真面目に鬱入ってたんだよねー。

だってシェリーさん、隣の家の大学生のお姉さんみたいな男を引き寄せる色香を放ってたし、そのくせ可愛《かわい》かったり、巨乳だったりお尻は安産型だったり俺の好みにドストライクだったりしたからね。

まあ人妻だって言うんならあの色気は納得だ。

だけどNTR《ネトラレ》感が半端ないです。今度からNTR《ネトラレ》物のエロ本読めないや……。

ハッ、いかんいかん。またしても鬱入って錯乱するところだったぜ。

エルフ幼女のリリルリーを助けてから五日、のんびりスローライフを満喫してた俺は――、
ん？　なんで君たち立ち上がってんの？　……そう、本の前の君だよ君。

あ？　……幼女だったのかって？

うん、そーだよ。つるぺた幼女だよ？　言ってなかったっけ？

まあつるぺたはどうでも良いんだ。俺興味無いし。

……ん？　何故《なぜ》そこで怒るんだ？　……だって子供だぜ？　子供に欲情するわけないじゃん。そんなことしたら変態だし。それに俺お姉さん趣味だし。

オーケー、オーケー。まずはその振り上げた拳を降ろそうか。

そしてのこの話はもうやめて話を本筋に戻そう。このまま性癖暴露大会を始めるとR‐18になりそうだ。

五日間ものんびり過ごしてた俺は、クエストを失敗していたという事実を思い出し、急遽《きゅうきょ》カロット村を発《た》つことにしたのだ。

したのだが、

「……っ！」

ひしっ、と俺の脚に抱きつき、脚に顔を埋めているこのエルフ幼女をどうすれば良いのか、誰か教えてくれると助かる。

『リリルリー、……脚を離してくれると助かるのだが……？』

『やーっ！　絶対に離さないもん！』

アレクセリア語で説得するもリリルリーは聞く耳持たず。

誰かマジで助けてくれ。

「ユーヤ君」

し、シェリーさん!?　な、なんで恋破れたガキの前に……ま、まさか……やっぱりシェリーさんも若い男の子の方が良いってことですかきゃっほーい！

「もしユーヤ君が良かったらリリちゃんを連れて行ってあげて欲しいの」

……なんて夢物語はなかったんや。シェリーさんの旦那《だんな》さん筋肉隆々のマッチョらしいし。ご無《ぶ》沙汰《さた》なんてさせないぜ的な旦那さんなんだろうね！　ぐすん。

「って、俺が、ですか？」

現実逃避から帰還した俺はシェリーさんの言葉を思い出し狼狽《ろうばい》した。

「ええ。リリちゃんユーヤ君のこと気に入っちゃったみたいだし……何よりユーヤ君となら安心だから……」

「安心、ですか……？」

シェリーさんの声が少し悲しげに揺れた。

「リリちゃんはまだ子供……なのに一人ぼっちで旅をしてたらしいの」

「……！」

「多分何か目的があって旅をしてるんだと思うわ。……けど、このまま旅に出させてしまってはまた今回のようになってしまう。……けど、ユーヤ君が一緒なら万が一なんてことはないでしょうし。……ね？」

そ、そんな風に甘えた仕草をしたって無駄ですよ！

エロいお姉さんの頼みなら命を賭して受けるが既婚者のお願いなんて聞いて俺にメリットなんてな――

「任せてください。命に代えても守って見せますよ」

俺のバカ！　いいかっこしいなんだから！

自分のバカさ加減に辟易《へきえき》しながら、俺にしがみついてるリリルリーを見下ろすと、

「……っ！」

うきゅーんっ、とわけのわからない効果音のつくようなコマ撮りで俺を見上げているリリルリー。

なんで目がキラキラしてんの？　なんで顔真っ赤なの？　なんで更に強く抱きつくのー!?

「ふふふ……。ユーヤ君、リリちゃんをよろしくね？」

「……はい！」

俺はシェリーさんを安心させるように力強く頷《うなず》いた。

「シェリー、さん。……さよなら、でし」

「うふふ。さようなら、リリちゃん。またいつか会いましょうね？」

俺から離れ、シェリーさんに抱きつきながら別れの言葉を告げるリリルリー。

女神のような笑みでそんなリリルリーの頭を撫《な》でるシェリーさん。

シェリーさんマジ女神。

「……んじゃ、行きますか」

リリルリーの頭を軽く撫でてやると、シェリーさんの胸に顔をうずめていたリリルリーが頷いた。

「それじゃあ」

「ええ。……さようならユーヤ君。二人とも、身体には気をつけるのよ？」

「「はい！」」

俺とリリルリーは見送ってくれたシェリーさんに手を振りながらカロット村を後にした。

『ユウ、ユウはどこに行くの？』

一緒に手を繋《つな》ぎながら歩くリリルリーは俺を見上げながら聞く。手を伸ばしてきたから自然と繋いでいたが、幼女を連れ歩く男とか日本じゃ捕まりそうな絵面だな。

『んーとりあえず旅の資金稼ぎにルクセリアかな〜』

『ルクセリア？　おっきいの？』

『ああ、大きいぞ。城があってな？』

『しろ？』

『あ～、そこから説明する感じか。えーと、城ってのはな……』

大きく歳《とし》の離れた妹に接するように、俺はリリルリーに色々なことを説明しながら歩いた。

それを素直に聞きながら微笑《ほほえ》むリリルリーを見ていると不思議とこちらまでも笑みがこぼれ、俺たちは笑いながらルクセリアに向かったのだった。

◇

「……」

カロット村からルクセリアに向かい進み出した少年と少女を見つめる女性、シェリーは二人が見えなくなるまで、じっと二人が歩いて行った方を見つめていた。

「良かったのかい、シェリー？」

そんな彼女に声を掛けたのはシェリーの父親でもあるカロット村の村長だった。

「一緒に、行きたかったんじゃないのか？　彼とリリルリーちゃんからの誘いを夫がいるなどと嘘《うそ》を言って断って……それに、少し歳《とし》が離れてはいるが、お前は彼のことを……」

「いいのよ、お父さん……」

気を使い心配してくれる父の言葉を遮り、シェリーは苦笑する。

「彼が行く先に私が付いて行っては邪魔になるわ。……それに、彼の心の中にはもう……」

シェリーは数日前のことを思い出す。中々起きない勇をシェリーが起こしに行った時だった。

瞼《まぶた》を閉じ、安らかな寝息を立てていた彼は、

「……ヴィア……俺は……君と……」

そう、突然うなされたように、呟《つぶや》いた。

名はよく聞こえなかった。だが、彼の呻《うめ》くように吐き出された言葉と、その苦悶《くもん》の表情に走る涙から、呟いた名が大切な人の物だと知った。そして、女の勘とも言うべき何かでシェリーは理解したのだ。

「全く、酷《ひど》いわユーヤ君。……お姉さんを本気にさせておいて、本命は別にいただなんて……本当に……」

◇

カロット村からルクセリアに向かう俺たちに襲い掛かる数々の困難！

だが、俺たちは艱難辛苦《かんなんしんく》を乗り越え、遂に!!

と言う煽《あお》り文のようなイベントもなく、ルクセリアに到着であります。

カロット村からルクセリアの王都まで歩きで二日、馬で一日かかる距離を一時間で走り抜いた俺は街の中心部にあるギルドへ向かっていた。

『ユウってとっても速い！』

俺の肩に座りきゃっきゃきゃっきゃと喜ぶリリルリー。

俺は彼女が大物ではないかと思えてきていた。

全力ではないものの結構本気を出して走った筈《はず》なのにケロッとした様子に驚いたのだ。

かつて勇者特急なんてふざけた真似《まね》をしたことがあったが、背負った奴らは全員お陀仏《だぶつ》。

乗せた俺が吐瀉物《としゃぶつ》をぶちまけられてからは禁じていただけに、なんの不都合も無いとばかりに笑うこの幼女に、

「リリルリー……恐ろしい娘！」

と戦慄《せんりつ》を覚えていた。

「もうそろそろ着くからなー」

「？……何故、イシュレール語？」

エルフの言語、アレクセリア語を使わずにイシュレール語で話しかけた俺に、リリルリーは首を傾《かし》げ、イシュレール語で返す。

「アレクセリア語はここらじゃ珍しいんだ。変に探られるのも嫌だし、アレクセリア語は基本二人っきりの時だけだ」

「わかった。そうする」

聞き分け良く頷いてくれたリリルリー。

それもあるが、リリルリーにはイシュレール語を上手くなって貰《もら》いたいというのも理由の一つである。

イシュレール語はこの世界では一番と言って良いほど広く使われている言語だ。絶対役に立つ。

「とうちゃーく」

「到着、した！」

リリルリーと話していると、ギルドに到着した。実に五日ぶりの出勤である。

中に入るとギルドに併設された酒場（見た目としては逆）では男も女も、酒を飲みながら騒いでいた。

以前のように完全装備ながらも、研ぎ澄まされたような雰囲気は殆《ほとん》どなく、以前の様子に近いものだった。

「ども」

そう言いながらリリルリーを降ろしギルドカードをショートヘアの受付嬢に渡す。今日は巨乳ちゃんじゃないらしい。少し残念だ。

「ユーヤ……いえ、ユウ・ヤシロ様ですね？　おめでとうございます。ユウ・ヤシロ様は適性能力があると判断されたため、Cランクへの昇進クエストを受注できるようになりました」

酒場でのバカ騒ぎの中でもはっきりと、彼女の言葉は俺の耳に届いた。

「……え、……えぇー？　……お、俺、Eランクでしたよね？　それが何故にどーして突然Cランクに？」

俺の間違えでなければEの次はDの筈なんだが？

あれ？　俺が間違えてるのか？　……英語苦手だから不安だぞ!?

「ユウ・ヤシロ様はフェイズスリーに移行したオークの巣を単騎で制圧、破壊しました。ギルドはこの功績を認め準ギルド団員ではなく、正規ギルド団員への昇進を認めました。それによって、現在ユウ・ヤシロ様はギルドランクD。そしてCランク昇進クエストを受注する権限を持っている状態になっています」

……なるほど、ね。

つまり強制徴収可能なCランクへ昇進させて、俺を戦争に引き入れたいってわけだ。

まあ何も今すぐ受けなきゃイケないってわけじゃないし、気楽に行こっかな。

「へー。……ところでDランクのクエストって今なんかあります?」

そう言えば旅に行くとは目標立てていたものの、実際何処《どこ》に行こうか。

南国リゾートってのも良いし、確か大陸中央部にはどデカイ闘技場を持ってる自由都市ってのがあったな。そこの褒賞金とか取ったら楽に生きていけそーだなー。いもしない親戚《しんせき》が増えそうで怖いが……。

と、これからの事を想像していた俺の考えは、次に受付嬢のおねーさんが発した一言で吹き飛んだ。

「……ぎ、ギルドでは今回の事例は特例であるものとし、ユウ・ヤシロ様が受注できるクエストは昇進クエスト『つがいのバジリスクの討伐』のみとなっております……」

明らかにおかしいということをおねーさんも理解しているのだろう。彼女は震え、掠《かす》れた声でクエストの名前を言った。

おいおい、バジリスクって……石化の邪眼を持った竜種だぞ!?

九話　先代勇者は連れられる

石化の邪眼を持った竜種だぞ!?

と、大切なことなので二回連続で驚く体を見せたものの、私、社勇《やしろゆう》はそこまで驚いてはいませんでした。

うん、まあね。なんというか……。

ある程度以下の魔物《モンスター》になると皆一律……というか、対して変わらないように思えるんだもん。あれだよあれ、RPGで中ボスくらいの魔物がラストダンジョンで雑魚《ざこ》として出てくるあの感じ。しかもこっちはカンストしてるからほぼダメージゼロで倒せちゃう。

そりゃあね？　流石《さすが》にゴブリンとかオークみたいに鎧袖一触《がいしゅういっしょく》、とはいかないけれど……基本聖剣抜かなくても勝てるんだもの。

まあ強いて言うなら素手でなぐれば毒棘《どくきょく》に刺さって毒になるし、バジリスクに睨《にら》まれれば石化されるってだけ。

……武器を使えば毒にならないし、睨まれる前に倒せば良いだけなのである。

「……バジリスクはCランクで適正なの？」

だが腐っても竜種。たかがオークごときが軍団規模で襲いかかっても倒せないであろう魔物なのは変わりない。

なのにオークの巣を破壊したってだけの新人に任せて良い任務かどうかは疑問が残るのが当然だ。

で、聞いてみたのだが、

「つ、！　そ、……それ、は……っ」

面白ーいように動揺してます。

目には涙が溜《た》まり、青ざめてしまった彼女に悪いことしたなー、とは思ったものの。しかし俺は聞かねばならなくなった。

おねーさんの反応を見て、俺の中の第六感《シックスセンス》がもっと問い質《ただ》せと囁《ささや》く！

決して、決して！　俺の中の加虐心が刺激されたわけではない!!

「ユーヤ・シロウ！」

「へ？」

突然声を掛けられ後ろを振り向くと、そこにはエロ装備を着込んだ我が女神トーレさんの姿がっ！

「久しぶりじゃないか！　……聞いたよ？　アンタ、オークの巣を単騎で潰《つぶ》したんだって？」

ダイナマイトボディを有するトーレさんがコツコツと靴音を鳴らし近づいてくる。

……す、すげぇ……ロケットおっぱいがゆっさゆっさと揺れる！

「え、……ええ、まあ……」

これでもかと大きく育ったその双丘は俺の眼前で制止した。

(ふぅおおおぉぉっっ!! おっぱい! トーレさんの褐色生意気おっぱいが今、俺の目の前にぃ〜!?)

まだ成長期な俺は身長百六十センチ後半だ。その俺の眼前に迫る胸の谷間ッ!

一歩前に出れば胸の谷間という、人を誘《いざな》う渓谷へ落ちてしまうっ……!

しかし抗《あらが》えない! 目の前に、これほどのっ、おっぱいがあるというのに、退《しりぞ》く理由などあろう筈《はず》がない。

このロケットおっぱいに真正面からぶつかり合い弾《はじ》き飛ばされたい願望が俺の思考を支配していくのがわかる。

人としての矜持《きんじ》を捨て、俺の本能は今まさに獣になろうとしているのだ!

さあどうしてくれようか。まずは服の上から揉《も》みしだいてやるっ! それから顔を挟んでぱふぱふして、それからそれから……。

クンッ、クンッ。

「あ?」

服の裾《すそ》を引っ張られ、引っ張られた方を見るとそこには「不機嫌ですよー」とばかりに頬《ほお》を膨らまして目をつり上げて俺を睨み上げるリリルリーの姿が。

いかんせん子供なので睨んでいても可愛《かわい》いのは狡《ずる》いと思う。さっきまで泣き顔だった受付嬢もリルリリーを見て目にハートマークを浮かべている。

「どした？」

睨まれる筋合いはないのだが、何か俺が悪いことをしたのだろう。

謝る前に理由を聞こうとすると、リリルリーはフンッ、とそっぽを向いた。

「？　……見かけない顔だね。その子は？」

「あ、この子は――」

「リリルリー。ユウ、のパートナーでし」

トーレさんの問いに俺が答えようとすると突然俺の前に名乗り出るリリルリー。

いつの間にパートナーになったんでし？

「へぇ。よろしくねリリルリー。あたしの名前はトーレ、トーレ・バレンシア。ここのギルドじゃ今のところ一人しかいないAAランクの傭兵《ようへい》さ」

ギルドのランクは八つに分けられる。ギルド登録したての新人のEランクから始まり、D、C、B、A。その上のAA、S、そして最後にSS。

通常Bランクまで努力でなれるという。

しかしAからは才能も必要となってくると言われている。

……となると……トーレさんはかなりの実力者ってことだ。

この間、俺を囲んだおっさんたちが素直に言うことを聞いてたのも納得である。

「トーレさん。バジリスクの討伐って適性ランク幾つです？」

「なんだい？　藪《やぶ》から棒に。……A相当だね。つがいのバジリスクならAAってところかな？

……どうしたんだ？　バジリスクの素材でも入り用なのかい？」

やっぱり。明らかにきな臭い何かに巻き込まれつつあるみたいだ。

「……なんか、俺が受けられるクエストが、つがいのバジリスクの討伐らしいです」

「……なんだって？」

俺の言葉に怪訝《けげん》な表情を見せたトーレさんは受付嬢に掴《つか》み掛かり、なにか小声で話し合っていた。

「……悪いね、ユーヤ。これは明らかに作為的な、何かだ。がしかしこれがギルドの決定だ。これが無理だってんなら、ギルドを辞めるしかないよ。……まあこれさえ凌《しの》げりゃ他の国にだってすぐにでも移れそうな大金が転がりこんでくるだろうがね」

今にも失神してしまいそうになっていた受付嬢を離し、トーレさんはため息をつきながら俺に近づき、耳元で囁く。

……ああっ！　トーレさんが、俺の耳に、甘く、囁いて……っ
「ユウ、鼻の下、のびてる、っ」

「つ!?　いかんいかん。欲望に身を支配されるところだったぜ」

リリルリーに揺さぶられ覚醒《かくせい》した俺はよだれを袖《そで》で拭《ふ》きながら思案する。

にしてもバジリスクかー。楽っちゃ楽なんだけど、いかんせん毒がなー。流石に徒手空拳だとバジリスクの毒棘を食らうしなー。武器代とリリルリーの洋服代と宿屋代くらいは先に貰《もら》えないかなー。そうそう、リリルリーの洋服が先だよ先。今リリルリーの服は丈夫だけど地味目な奴だから、フリフリな洋服を着せたい。

だって女の子ですもの。可愛いお洋服着なきゃ！

「その程度だったらあたしが貸してあげるさ。……バジリスクを本当に殺《や》れるってんならね」

「え？　トーレさんって、読心術者ですか？」

「ユウ、呟《つぶや》いてた」

頭の中で考えていたことを聞かれて驚いた俺だったのだが、なーる。いつもの癖か。あやうく俺のトーレさんへの迸《ほとばし》る熱い想いがバレてしまうところだった。

「で？　どうなんだい？　貸しだから返せるんなら出すが……？」

「あ、マジですか？　じゃあ投擲《とうてき》用の槍《やり》二本と宿代と洋服代をお願いします。あ、そうだ。後は少し口の大きめの道具袋があるととても嬉《うれ》しいです」

「！　……本気で言ってるんだね？　雌雄一体で行動するバジリスクの凶暴さはＡＡ並みなんだよ？」

余程俺のことを心配してくれているのだろう。怪訝な表情を浮かべるトーレさん。

くうぅー！　こんなエロい女の人に想われるなんて、男冥利《みょうり》に尽きるってもんだぜ！

そうだよ、バジリスクをソロで倒すなんて普通の人間にとっちゃ快挙な筈だ。

……ここで大手柄を挙げりゃ……ト、トーレさんの興味も俺へ……！

「貴女《あなた》が傍《そば》に居てくれるなら、俺は神にだって抗っふぇみふぇふぁふ……、いふぁいふぁいっ！　ひひふひー、いふぁいっふっ！　いふぁいふぉー!?（痛い痛い！　リリルリー、痛いっすっ！　痛いよー!?）」

トーレさんを骨抜きにするための殺し文句の口上の途中でリリルリーにほっぺたを引っ張られ止められた。

「いきなり何するんだリリルリー！　今俺がリア充になれるかも知れなかったんだぞ!?」

「ユウに、は、リリルリーが、いる。だからこの女、いらないっ！　わたしが、パートナー！」

「何を訳のわからんことをっ……もう怒ったぞ！　そんな悪い子には、こうだっ！」

「っ!?　やめっ、ユウっ！――っ、――っ」

こちょこちょこちょをしてやったら身体をビクンビクンと痙攣《けいれん》させて悶絶《もんぜつ》したリリルリー。笑うより早く過呼吸になるとか、どんだけくすぐりが苦手なんだよ。

取りあえず次からくすぐりの刑を極刑として扱うことにしましょうか。

十話　先代勇者と好敵手

「ここですか？」

「ああ。あたしもよく使っててね。腕の立つドワーフの店さ」

バジリスクのクエストを受け、お金を前借りした俺とリルリリーは装備を整えるために服屋の前に装備屋を回ることにした。

それを告げると、トーレさんは良い所があると俺たちをとある装備屋の前にまで連れて来てくれた。

いやぁ、裏路地に連れられた時は流石《さすが》にドウテー喪失を覚悟したのですがまだまだ好感度が上がりきってないのかそんな様子は微塵《みじん》も無かったよ。……ぐすん。

「……魔力、する」

「んぁ？　どーした？」

俺の肩に肩車して座っていたリルリリーが突然目の前の店を指差し呟《つぶや》いた。

「魔力。この中から、魔力が、漏れて来て、る」

「魔力？……ふーん、なんでだろうな？」

リリルリーの言葉に適当に相槌《あいづち》を打つ。

すると、隣でトーレさんが口笛を吹いた。

「流石のエルフだね。そうさ、ここは魔剣を主とした工房なのさ」

はい、そこで魔剣＝悪い剣と解釈した貴方《あなた》！

残念ですがこの世界ではそれは間違えなのですよ。

聖剣って単語を散々出してたからねー。間違えるのは仕方ないさ。俺も間違えた。

魔剣というのは、魔術によって特殊能力を付与された武器のことを指した言葉だ。

(だからその名の通りの剣もあるが、魔剣と呼ばれる斧《おの》もある。また槍《やり》は魔槍《まそう》と呼ばれたり魔剣と一括《くく》りにされたりとごっちゃだ)

魔術で強化された剣、略して魔剣。と、いうわけさ。

「魔剣をメインに置いた工房……なるほど、上手いんですね？」

「ふふ……ユーヤ、もうアンタをただの素人としては見れないね」

俺の言葉に不敵に笑うトーレさん。

何を隠そう、はっきり言ってメインに据えてまで金儲《もう》けできるものじゃないんだよ、魔剣って。

確かに特殊能力は有ったら有ったで良いのだが、魔術を施した反動からか、魔剣というのは芯が悪くなるのだ。

それも強力な分だけ悪くなる。

一度だけ酷《ひど》い物を見たことがあったが、能力はピカイチ！　しかし自重でパキン、と真っ二つに折れたのを見た時は本当に驚いた。（所持してるだけで魔力を回復するというレアスキルだったため、知り合いの宮廷魔導師が折れた剣をそのまま身に付けて事なきを得たが……）

……がしかし、前記のように鍛冶師《かじ》として、魔導師として高い才能を有する所謂《いわゆる》『上手い』と呼ばれる人ならば、劣化を最小限に抑えつつ高い能力を付与することが可能なのだ。

上手い鍛冶師に打ち鍛えられた魔剣は高い能力を有し、この世界では物語にて魔剣の名が語られることもあるんだとか。

有名な魔剣だと竜殺しの魔剣、とかだろう。

殺した竜の素材を継ぎ足し、天竜の顎《あぎと》とか呼ばれてるとか。

話を戻そうか。

つまり、魔剣を売って商売を成り立たせるならば『上手い』鍛冶師がいなければ成り立たないわけだ。

「でもお高いんでしょう？」

そう。上手い鍛冶師が打った剣はめちゃくちゃ高いのだ。

物によっちゃ城が建つくらい。

「主に扱っているだけ、さ。魔剣でないものも一級の品だ。魔剣とはいかないがそちらの方なら今の手持ちでも十二分に足るだろう」

なーる。まあ最悪、ひのきのぼうで良いかと思っていたわけで、質の良い槍が手に入るのならそれはそれでラッキーだ。

「それじゃあ、入るとしようかい」

俺が答えるよりも早く扉を開け、お店の中に入って行くトーレさん。

……ち、ちなみに、トーレさんのエロ装備の後ろは、……Tバックだったりする。

流石だぜトーレさん！　エロ装備ってのをわかってる!!

「む～っ……ユウ、トーレの、お尻見てるっ」

「いだだだっ！　髪引っ張らないで！　六十までは生え残ってる予定なんだから！」

割りと強めの痛みに堪えながら、俺はトーレさんの褐色のお尻に誘《いざな》われるかのように、工房の中へと入って行った。

「ゴルドーの親父《おやじ》はいるかい？」

腰に手を当てて声を出すトーレさん。なんというか、似合いすぎです。

魔剣をメインに据えたという武器屋に入った俺たちは乱雑に重ね、束ね、置かれた武具たちの山を縫うように拓《ひら》かれた道を通り、この工房の受付らしきカウンターの前に到着した。

「ユウ、あれ、何？」

「んー？　ああ。あれはショーテルって言って剣の部類だ。普通に防ごうとしたら曲がった剣の先っぽがグサリ、って刺さる武器さ」

「あの、わっか、は？」

「あれはチャクラムって言ってな……こう、くるくる〜って回して相手に投げつける武器だ」

姉御もといトーレさんの後に続きながら、俺はリリルリーを肩車している。

珍しい武器が壁に所狭しと掛けられているのは、子供にとってはさぞ珍しかろう。

「あれ、は？」

「あれは……おい、何故《なぜ》ファンタジー世界にナース服があるんだ。というより武器屋で何故ナース服が掛けられてんだ？」

珍しいというより、有ってはいけない物を見てしまった。

「ゴルドーの親父！　いないのかい!?」

姉御もといトーレさんが焦《じ》れったげにカウンターをバンバンと叩《たた》くと、工房の奥から鉄の山を崩すような物凄《ものすご》い音が鳴り響いた。

「ワシならいるよー！　……お？　トーレちゃんじゃねぇかい！」

鉄屑《てつくず》の山を蹴散《けち》らすように現れ、カウンターの上に座り込んだのは、身長が一メートルに満たない大きさの白い髭《ひげ》もじゃもじゃの老人。

低い身長ながら服の上からでもわかる、丸太のように太い腕が、この老人がただ者ではないと告げる。

「ようやく着てくれる気になったかい？　あのナース服を！」

こ、このじじぃっ！　わかってやがるっ……！

褐色肌のむちむちバディ！　エロエロお姉さんなトーレさんに着せることにより、白衣の天使を白衣の小悪魔へと変貌《へんぼう》させるだとぉっ!?

……個人看病してほすぃ……。

このじじぃ、ただ者ではない（キリッ）！

「ユウ、えっちなこと、考えてる！」

「あだだ！　まつげは！　まつげはダメ!!」

な、何故思考がバレたっ？

「全く相変わらずバカなこと言ってんじゃないよ。それより客を連れて来てあげたよ」

俺とリリルリーが戯れていると、視線が集まったことに気づいたリリルリーが指を離す。

「なんでぇ、こんな餓鬼がトーレちゃんの言う客だって？　……バーロー、いっぺん死んでから出直して来なっ。乳くせぇんだよド低脳が」

……あ？

「聞こえなかったのか小僧！　テメェだよ、テメェ！　ワシのトーレちゃんを頭ん中で汚してんだろ？　その内容教えてから出て行きな！」

…………あぁ？

ストン。

「？　……ユウ？」

肩車をやめリリルリーを床に降ろした俺は、カウンターにて座りこけた爺《じじい》に向け歩き出す。

この糞爺《くそ》……俺を馬鹿にしやがった。

いや、何より!!

「誰がテメェみてぇな、しわくちゃじじいの女だって？　……あ？」

ワシのトーレちゃんだと？　……この糞爺、許すまじッ!!

「……なよなよしたテメェじゃ満足できねぇだろうよ、糞坊主！」

「……テメェみてぇな熱苦しいだけのもうろく爺じゃ先にイッちまってトーレさんを満足させられねぇよ！」

「ンだと？」

「なんだよ、やるか？」

ゴチッ！

「「上等じゃねぇかっ!!」」

「やめないかい！」

額をぶつけ合った俺たちをトーレさんが止める。

その声に若干の呆《あき》れが込められていた。

「ふーん、コイツが悪いんじゃもん」

「ふーん、この爺が悪いんすもん」

互いにそっぽを向いた俺と爺。するとリリルリーが俺に駆け寄って来て、

「ユウ、も、悪い」

「ぐぬぅっ!?」

じ、純粋な視点の子供故の正論！

しかしなリリルリー、男には正論だとしても抗《あらが》わなければいけないこと、間違っていても通さなければいけない『意地』があるの——

「今の、言い訳、するユウ、カッコ悪い」

ガビーンッ!!

そんな効果音が鳴り響いた気がした。

「……ごめん、なさい」

「ん、いい子」

orz の体勢で謝る俺を優しく撫《な》でてくれた。

……あれ、俺ってリリルリーの保護者じゃなかったっけ？　……ま、良いや。

大人としての矜持《きんじ》が打ち砕かれ、幼子に撫でられてる姿が面白かったのか、糞爺がゲラゲラと笑い出す。

「ざまぁねぇぜ糞っカス！　ワシのトーレちゃんに手を出したのが……」

「……貴方、も、悪い」

だが正義の審判リリルリーが俺だけを責め、爺を許す筈《はず》もなかった。

「ぐぬぬぅっ!?……し、しかし嬢ちゃん。ワ、ワシ、もうろくじじいだし、ゆるしてくれんかの～」

こ、この野郎！　リリルリーの追及を逃れようと歳《とし》相応らしい狡《ずる》い逃げかたでっ――

ガビーンッ!!

「カッコ、悪い」

カッコ悪いと断定された爺はカウンターから転げ落ち、床に着地すると同時に orz の体勢に入った。

「撫でてあげる、は、ユウだけ」

ガビーンッ!?

落ちて orz になれば撫でて貰《もら》えるだろうと思ったんだろう……が、しかし無情にもリリルリーは切って捨てた。

二段構えの精神攻撃に爺は撃沈した。

ざまぁ！

◇

「それで？　なんじゃったかの？　……おお、そうじゃそうじゃ、トーレちゃんにセーラー服、じゃったかのぅ？」

穏やかな顔で今までのことを無かったことにしようとする糞爺。

だがしかし、俺にはこの爺を許すことができなかった。……何故なら、

「バカ野郎ッ、体操着＋ブルマーだろうガッ！」

学校の制服限定エロコスなら……ブルマーに決まってるからだ！

「この糞ガキャあ！　なんつーことを考えとるんじゃ！　汗で透け見えじゃねぇか！　食い込んじまうじゃろうが!!」

「糞爺ッ！　てめぇのセーラー服だって雨に濡《ぬ》れたら透け透けなんだよ！　下着丸見えなんだよ！　家に上がってけよなんだよぉっ!!」

互いの、魂の慟哭《どうこく》が工房を包む。

俺と爺は互いに視線を外さずに、

「「……テメェ、なかなかやるじゃねぇか……」」

ガシッ。固い、固い握手を交わすのだった。

俺と爺は憎み合う敵ではなく、認め合う好敵手だ！

「どっちも、えっち！」

「いでででッ！　痛い！　耳は痛いって！」

「あいだだっ！　痛い！　髭はやめとくれー！」

互いに審判者リリルリーから制裁を食らう。

「……ユーヤ・シロウの武器。投擲《とうてき》用の槍をこさえて欲しいのさ」

先ほどまでのコスチューム合戦を無かったことにしたいトーレさんは話を進めようと用件を言う。

がしかし、その頰《ほお》が微妙に赤くなっているのを見逃さなかった！

ぐふふ、遂にトーレさんルート確定ｋｔｋｒ《キタコレ》！

「はなし、拗《こじ》らせ、ないっ」

「ごめんなさい」

リリルリーに強く窘《たしな》められると何故か謝ってしまう。

「……ふむ。小僧に作ってやるのは良いがのぉ……良し、まずは脱げ、小僧。話しはそれからじゃ」

「なに？　俺はガチムチなんて興味な――ごめんなさい謝るから、すぐに脱ぐからショーテルを鼻にぶちこもうとしないでくださいおねがいします」

ショーテルを鼻先にちらつかされた俺は怪盗ルパンの三代目もビックリの脱衣術を見せた。

「……ほぅ……小僧、テメェ……ただの熟練者じゃあ、ねぇようだな」

真っ裸になるか迷ったが俺はこの世界に来てからも着用し続けている、キャラの絵が書かれたトランクス、通称『痛トランクス』を履いた状態で裸になることにした。

そのせいで文面では鍛えられた肉体に対してか、異世界に来てまで紳士たる生き様を見せつけたことに対してなのか、どちらへの称賛かわからなくなってしまった。

まあ明らかにシリアスな雰囲気になったので前者だろう。

「ふぅん……一皮剥《む》けば、凄《すご》いじゃないか……見た目だけじゃ、わからないってね」

いちいち言動がエロいです、トーレさん。

「……っ」

そしてそこのおませなリトルガール（発音良く）。

手で隠せてるつもりなんだろうが指の隙間《すきま》からガン見してんじゃありません！

「ふむ。……小僧、魔槍か？」

少し間を開けてから爺が聞いて来た。

「親父!?」

トーレさんが慌てたように爺を見る。この驚きようだと、爺が俺を認めたみたいなノリなのだが
……。

「いんや。ただの槍で十分だ。……だがバジリスクの脳天を突き刺すのに使う。使い捨てのもんでも良いが、それなりの物は欲しい」

俺の本来の戦闘方法は剣だ。

がバジリスク二体を仕留めるなら槍が一番良い。

なんせ頭だけを潰《つぶ》せば、頭蓋《ずがい》以外の素材は丸々残る！

「……小僧、明日来な。それまでにテメェが唸《うな》るような短槍《たんそう》を作ってやる」

そう言うや否や、爺はカウンターから降り、工房の奥へと歩いて行った。

武器に関してはもう良いだろう。あの爺《じい》さんなら信頼に足ると俺は思ったからだ。

十一話　先代勇者は怒ります

ゆさゆさっ
「……ぅ……あと、五分……ぐこー」

やっさゆっさ！

「ん～……あと、十分……」

ゴロン！

ドゴシャッ！

「ぬがっ!?　な、なな何事だ!?」

突然顔に痛みが走ったと思ったら、何故《なぜ》か床で寝ていたでござる。

何があったんだ？　……俺はまさか、新たな異世界へ来てしまったのか⁉

寝起き早々にパニックに陥っていると、俺の視界に彼女が現れた。

『ユウおはよう！　ほーら、お顔洗ってーっ』

どうやらこの目覚め方はリリルリーさんのお陰らしい。というかまるで俺のオカンみたいな起こし方だよ……。

起き上がると視界が大きく広がり一人の子供の全身を見ることができた。

昨日買ってあげた冒険用の服を着たリリルリーの姿。

動きやすさと丈夫さを売りにしながらも、ドレスを安価にしたような、シンプルなワンピースに、黒のニーソックスを履いた彼女はとても可愛《かわい》らしかった。

そして現代でいうランドセルをもう少し小さくしたような鞄《かばん》を背負っている。

どうやらリリルリーの出発準備は完了しているようだ。

『おはよう』

リリルリーが持ってきてくれた濡《ぬ》れタオルで顔を拭《ふ》けば、ようやく意識が覚醒《かくせい》した。

『起こしてくれて、ありがとな』

『……んーん！　良いの、リリルリーはユウのパートナーなんだから！』

未《ま》だ気だるい身体。その手を伸ばしリリルリーを撫《な》でてやると、ニコッと楽しそうに彼女は笑う。

『よーし、起きたぞー！　女将《おかみ》さん飯はどうって？』

立ち上がりながら伸びをする。

ポキポキと鳴る骨の音と共に眠気が飛んでいく感覚を覚える。

『ご飯はもうすぐできるって言ってたよ！』

『そーかそーか。んじゃ女将さんのお手伝いに行っといで。俺は裏庭で振ってるから』

一昨日から二日泊まっているこの宿は『子犬の鳴き声亭』と言い、王都の中では普通くらいの値段の宿だ。

値段と同じく宿泊施設も普通だが、その分飯が美味《うま》く、量も多いのだ！

安くて美味いは現代でも異世界でも至高であろう。

ここの女将さんにいたく気に入られたリリルリーは、肝っ玉の座った気の良い女将さんに甘え、そして率先して仕事のお手伝いをしているのだ。

『うん！　おいしいご飯、作ってあげるからね！』

『楽しみにしてるよ』

嬉《うれ》しげに部屋から去っていくリリルリー。

彼女を見送ってから、俺は壁に立て掛けられた短槍《たんそう》に視線を向ける。

昨日、爺《じい》さんから受け取った短槍は、爺さんの言う通りに俺が唸《うな》るほどの物だった。

一本が百二十センチくらいの短槍が七本。

爺さん曰《いわ》く、持っていて損はねぇんだから持っていけ、と渡されたそれらは、どれも俺から見て至高の逸品と呼んで差し支えないものだ。

重さも良し、投擲《とうてき》用に調整された重心も良し。

しなる槍《やり》ではなく、ただ愚直に硬く作られたソレは満足のいく武具だった。

魔槍《まそう》じゃないって言うのもあるんだろうが、ここまでの逸品を作るなんてあの爺さんは本当の意味でただ者ではなかったのだ。

立て掛けられたうちの一本を手に取り、部屋を出る。

三階建ての宿屋の二階。その階の最奥に位置する部屋が俺たちの泊まっている部屋だ。

ギシッ、と軽く軋《きし》む木の階段を降りながら俺は『子犬の鳴き声亭』の亭主と女将に声を掛ける。

「おはよーさん。悪いな、リリルリーの面倒を見させちまって」

「それはこっちから礼を言いたいくらいだよ！　あんな良い子はそうそういないよ、ねぇアンタ！」

「……ああ」

よく喋《しゃべ》る恰幅《かっぷく》の良い女将に、寡黙な巨体の亭主。どう見てもお似合いである。

「飯ができたらリリルリーに呼ばせてくれ。裏庭借りるぞ？」

「ああ、良いよ！　ついでと言っちゃなんだがね、雑草を刈っといてくれると助かるよ！」

「短槍でやれって？　ま、いっか。任せときなおばちゃん。代わりに美味い飯を頼むぜ？」

あいよ、と返す女将に背を向け、俺は『子犬の鳴き声亭』の裏庭に出た。

裏庭はそこまで大きくはないものの、剣や槍を振るう……準備運動として振るう分には問題ない。

まだ朝の日差しが残る空。

俺は大きく息を吸い、吐き出すと同時に槍を振った。

◇

どうも皆さん、貴女《あなた》のベッドに這《は》い寄る勇者、社勇《やしろゆう》でございます。

今後俺の宿敵となるであろう好敵手、爺さんとの激戦（舌戦）から早二日。

バジリスクの討伐に出発する当日と相成りました。

本日はお日柄も良く、少し身体を動かしたら汗びっしょりとなりました。

ただ単に身体を動かすわけじゃなく、一人称視点から身体の動きを知ろうとするんだから、そう簡単にはいかない。

身体の節々の動き、その動きからなる筋肉の伸縮まで気を配れるものには配りきったと言えるほど集中力がいるのだ。

お陰で普通に走り回るよりも大量の汗をかいてしまった。

これをやると着ている服が汗でびしょびしょになるから嫌なんだよなー。

しかし毎日一回はこれをやんないと気がすまないし……習慣付いてるぜ。

短槍を地面に突き刺し、服を槍に掛けると、俺は切り裂かれまくった雑草を見る。

根本から切り裂かれた雑草を見ればこれから数年、この地は不毛の大地と化すのが見てとれよう

（極々局地的なものだが）。

女将からの頼まれ事も終わり、飯でも食うかー、と思っていると後ろから砂を蹴《け》る音がする。

『ユウ、ご飯だよー！』

手に水の入った桶《おけ》を持つリリルリーが駆け寄ってくる。

流石《さすが》に水がご飯ってわけじゃないぞ？

この水は身体を洗う用だ。

『おう、ありがとう』

礼を言うと中に入っていたタオルを取りだし水を絞ってから身体を拭く。

「くぅ～っ！　冷たくて気持ち良いぜ！」

『あ、洗い終わったら教えてね？』

『いや、つかガン見してんじゃん』

『！　しっ、してないもん！　ユウのばか！』

俺が身体を拭いてるのを、手で顔を覆いながらも指の隙間《すきま》からガン見するリリルリー。それを指摘すると桶の水を掛けられた。

いや、気持ち良いから気にせんが俺が悪いのか？

水も滴る良い男、と言ったものの……取りあえず着替えるとするか。

俺はびしょ濡れになった服を脱ぎ、『子犬の鳴き声亭』に戻っていった。

『子犬の鳴き声亭』は宿屋でありながら一階を、朝昼は大衆食堂として、夜には酒場として開いている食堂兼宿屋な所だった。

既に言ったがこの宿の飯は安く、美味くがモットーでそれに釣られた有象無象が来るのだが……、

「リリルリーちゃーん！　こっち向いてー！」

「かーわーいーいー！」

「リリルリーちゃんが愛らしくて生きているのが辛《つら》い」

「り、リリルリーちゃんカワユス。おんもちかえ――」

「させるかバカ野郎！」

こ、このリリルリーに寄り付く野郎どもは一体……。

「あ……！　ユウ。ご飯……」

俺が他の男の客に戦慄《せんりつ》を覚えながらカウンター席に座ると、エプロンを着たリリルリーがお盆に飯を乗せてぱたぱたと駆け寄ってくる。

「お、美味そうだな。リリルリーが作ったのはあるか？」

俺が問うとリリルリーは頬《ほお》を赤らめ、おかずの一つであるしょうが焼きみたいな肉料理を指差した。

「はむっ……。……おおっ、こりゃ美味い。なんというか酸味の中に甘味がある、ってーの？　まあとにかく美味い！　サンキュな、リリルリー」

フォークでリリルリーが作ったというそれを食べてみると、肉に掛かったタレが良い感じに肉とマッチしていて美味ぃ。

礼を言うとリリルリーは更に顔を赤くして、

「ごゆっくり、どう、ぞ！」

とウェイトレスの真似事《まね》をしてぱたぱたと去っていく。

「……おい、テメぇら……何見てんだよ」

殺気にある程度の耐性のある俺が軽く引くくらいの濃厚な殺気を放つ野郎どもは、赦《ゆる》さない赦さないと呟《つぶや》きながらリリルリーの運んだご飯をチビチビと食べていた。

リリルリーの人気の思わぬ弊害に辟易《へきえき》しながら、俺はリリルリーの作ってくれた飯をガツガツと平らげるのだった。

◇

朝食を済まし、リリルリーが仕事のお手伝いを終えてから出発した俺たち。

この街の西側の大通りにあるという店の貸し馬車を、ギルドが一台レンタルしてあるというのでそれを受け取りに行く。

何故馬車を使うのかと言われれば、やはりリリルリーの存在だ。

勇者特急に耐えられるからと言っても、彼女が疲れないわけじゃない。馬車は寝台としても利用するつもりだ。

そもそも何故リリルリーを連れて行くことになったかというと、彼女が普段殆《ほとん》ど言わないわがままを言ったからだ。

まあ別に守れないわけでもなし、と彼女の同行を許可したのだった。

「ここだな」

「お馬、沢山、いる」

結構大きめの建物に『トレイン貸し馬屋』と看板が掛けられているのを見て、ギルドが薦めて来た貸し馬屋だと確認した。

建物のすぐ隣の結構な広さの馬小屋で、様々な毛並みの馬を見つけたリリルリーはまるで動物園に来た小学生のように見える。

物は違うがランドセルのように鞄を背負ってるのだから余計にそう見えてしまう。

「ほら、中に入るぞ？」

「ん！」

最近イシュレール語では最低限の受け答えで終わらせるきらいがあるリリルリー。

むむむ、怒るべきか否か……？

「ほら、入る、よ！」

「あ、悪い悪い」

そうだよ、考え事しながら立ち止まるのって良くないよな。

リリルリーにそう気づかされた俺は彼女の頭を撫でつつ貸し馬屋に入った。

……あれ？　大事なことを忘れているような？

「いらっしゃいませ！　トレイン貸し馬屋へようこそ！　今日はどういったご用件で？」

……大事なことを思い出そうと思っていたが、どんなこと考えていたかさえも忘れてしまった。

「あ……う……あ……」

言葉を紡げなかった俺を誰が責められよう！

これほどまでの衝撃を覚えたのは初めて異世界に流れ着いた時以来ではないか!?

「あ、お馬、……さん？」

そう。リリルリーが指差した先には、馬の顔をした男性が立っていた。

しかしリリルリー、人を指差すのはダメだ。この人は一応人間だ。

後でちゃんと叱《しか》らないとな。

「ああ、私の顔ですね？　お気になさらず。馬屋冥利《みょうり》に尽きる、という奴ですよ」

何が冥利に尽きるのかはわからないが、取りあえずこのおっさんが良いなら良いや。

「ギルドからレンタルしてあると聞いてるんですが……」

「ああ、ギルドの……お待ちしていました。ささ、こちらへどうぞ」

馬のおっさんは、なるほどと頷《うなず》いて建物から外へ通じるドアを開け俺とリリルリーを誘《いざな》う。

「お客様にお貸しする馬はこの子。ルクセリア王家も愛したという名馬！　『ルーステリオーン』種の三歳馬です。『ルーステリオーン』種は軍馬から牧農用の馬まで幅広い用途に使用でき、こと軍馬として調教すれば高いスタミナで――」

「い、良いよ！　馬の豆知識はまた今度で頼む！」

おっさんは栗毛の立派な馬の前に俺たちを連れてくると恍惚《こうこつ》の表情を浮かべ、その馬を語り出した。

「そ、そうですか？」

俺が止めると物凄《ものすご》く残念そうにため息をつきやがった。

危ない危ない。多分今止めてなければ延々と喋り続けていたぞこのおっさん。俺にそう思わせる凄みがある！

「馬車の方は三人のお客様がご使用になると聞いていたので、こちらの小さめのコネストーガになります」

おっさんが指差したのは麻布の屋根付きの四輪馬車だ。

ドラゴ〇クエストの馬車と言えばわかりやすいだろうか？

……あれ？　なんかおかしくね？

「おっさん今、三人乗りっつったか？」

そう。ナチュラルに三人って言った。

俺たちはリリルリーと合わせて、二人しかいないのに。

「ええ、ギルドからは三人と言われましたが……」

「ああ。三人で間違えはないよ！」

馬顔のおっさんの言葉を遮り、声が響く。

しっかりとしながらも、どこか男を惑わすこの美声は……！

「トーレさん！」

「な、なんで振り向く前に……いや、もう何も言うまいさ」

振り返りながら叫ぶと褐色のその美女は苦笑する。

「愛ゆえに！」

「言うと思った。……ユーヤ・シロウ、あたしが今回の昇進クエストの試験官になったよ」

俺の一世一代の愛の告白をスルーしつつトーレさんはそう言った。

「試験官？」

「ああ、ギルドマスターに言ったのさ。少なくともあたしに試験を見させてくれ、ってね。やけに素直に了承されたが……ま、知らない仲じゃないしさ。よろしく頼むよ、ユーヤ」

差し出された手を掴《つか》まずに、俺は燃え尽きるほどのビートを刻む心臓の高鳴りのように高いテンションに身も心も任せて飛び上がる！

「エロ担当ktkr《キタコレ》！」

まるで十数年もの間モンスターマスターを目指し続けた少年が、新たな仲間をゲットした時に見せるようなジャンプをしつつ俺は咆哮《ほうこう》した。

だってさだってさ！

バジリスクが居るっていうコルテオルル山脈まで馬車で三日らしいのだが、行き帰りで計六日も馬車に揺られ続けるんだぞ？　しかも子供と一緒に！

……無理！

エロに対する執着が半端ない年頃の俺としては六日も巨乳美女と触れ合えないなんて、それはまさに地獄じゃないか！

そこに降って来たように現れたトーレさん。

いや、彼女はまさに降臨したのだろう！　俺のためにっ！

「えっち、なのは、だめぇ！」

「ぐえっ」

俺が潰《つぶ》された蛙《かえる》のような鳴き声を上げたのは、今まさにトーレさんの魅惑の腰に抱きつき、その御脚《み》に顔を埋めようとワクテカしている瞬間だった。

「おや、元気だねぇ」

俺の肩に飛び乗って俺の鼻を摘《つ》まむリリルリー。

姿勢を低くした瞬間とは言え人の肩に飛び乗るなんていうのは難しいことだ。

それを見てトーレさんがクスリと笑った。

「ふがっ！　……こらリリルリー！　人に飛び乗るなんて行儀がなってないぞ？」

「えっちなのも、ダメー！」

ようやく鼻を離して貰《もら》えたと思ったら今度は髪を掴まれて――

「あだだだだ!?　た、確かにリリルリーさんの言う通りかも知れんがお年頃の男の子にはそういったものがやっぱり必要で――抜いちゃらめぇぇっ！　も、毛根があぁぁぁ――あっ」

ブチブチ！

◇

最近俺に対してだけ獰猛《どうもう》になる子猫ちゃんリリルリーとエロ装備な褐色巨乳美女トーレさんの二人を連れた俺のエロエロなハーレムストーリーが、始まる筈《はず》もなく、俺たちは特に事件にも逢《あ》わずにコルテオルル山脈のふもと……と、言うよりも入り口にたどり着いた。

「うわー、すげぇ灰色尽くしだな。木とか殆どなくね？」

視界を覆うのは灰色に染まった山脈と空。

ここから魔王が居る魔城へ繋《つな》がっていると言われたらきっと皆信じるね。

まあ実際は灰色どころじゃないどす黒い風景だったんだけどねー。魔物《モンスター》の軍団が地平線を覆うほど並び、蠢《うごめ》いているのだ。

ここが地獄の三丁目なら、魔城近辺は最終地獄と言ったところカナ？

俺がコルテオルル山脈を眺めながらそんなことを思っていると、俺と同じく馬車の中から山脈を眺めていたリリルリーが辺りを見回す。

ん？

「どうしたんだい？」

この三日間、俺と交代で馬車の御者をしてくれていたトーレさんも気づいたのか、御者の椅子《いす》から振り向き声を掛ける。

「リリルリー？」

トーレさんだけでなく、俺の声にまで無視を決め込みながら、リリルリーは必死な顔で馬車の外の様子を馬車の隙間から見ていた。

「お花でも摘んでくるのか――ひっ！　……あれ？」

ちゃかしてみるがいつまで待っても制裁が加えられない。

疑問に思いリリルリーの様子を見ると、その顔は青白くなっていた。

「おい、リリルリーどうした？」

流石にふざけてられずにリリルリーの肩を掴み顔を近づけて声を小さくして聞く。

周囲を警戒するような仕草に疑問を覚えて、聞かれたくない話なのでは？と思ったからだ。

しかし全く別。

周囲を警戒こそすれ、内緒話をしている余裕など、彼女にはなかったのだ。

リリルリーは俺に抱きつく。抱擁などではなく、恐怖を薄めるための、身体の密着。

ガクガクと小刻みに震える彼女の肩が、彼女の恐怖心を俺に教える。

リリルリーは何かに気づいたのだろう。

幼い彼女をここまで恐怖させる何かが、この周囲に居るのだろうか？

俺の一瞬の思考により生まれた答えは、正しかった。

「囲まれてる……凄い数っ……怖いっ……怖いよユウ！」

瞳から涙を流し恐怖するリリルリー。

彼女の言葉の真意を理解するより早く、俺は悟った。

「トーレさん！」

「え？」

彼女とリリルリーを抱き寄せ、麻布でできた馬車の屋根を突き破り脱出すると、次の瞬間に馬車は何かに叩《たた》き潰された！

「……良い度胸じゃねぇか蜥蜴《とかげ》ども」

シュタッ、と地面に降り立った俺たちを待っていたのは、数十匹の異形の化け物。

「掛かって来な。……子供を怖がらせて、あまつさえ泣かせやがって……テメェら、無料《タダ》で帰れると思うなよ？」

両腕に抱えた二人の命の重みを感じながら、自身を囲む蜥蜴に、啖呵《たんか》を切るのだった。

十二話　先代勇者は不覚を取った

バジリスクは、鉱脈に眠る鉱石などを主食とする変わった竜種、正確には二脚立のワイバーン種である。

鉱石を食べているのではなく、鉱石の中に含まれる微量の魔力を食している、という考えもあるが定かではない。

鉱石等を食べているせいかバジリスクの身体、その表面には堅い結晶が生えている。

これまた鉱石を食し、身体の中で純度の高い結晶を精製しているのだなどとも言われている。

バジリスクの雌雄の差は、体躯《たいく》の色と身体の部位の特徴で判断できる。深い青色の結晶を身体に生やしているのは雌。体躯の結晶が青紫、そして大きな結晶の鶏冠を有するバジリスクは雄。と、見た目でわかりやすい珍しい竜種である。

バジリスクの身体には結晶の合間を縫うように細かな棘《とげ》が存在する。

一種の体毛の類《たぐ》いではないかと言われているそれが刺さると、刺された者は毒に犯される。

死に至らしめるような毒ではない。

しかしその毒は他の竜種でさえも麻痺《まひ》させてしまうほど強烈な、効果的な神経毒だ。

竜種や強力な魔物《モンスター》ならば数時間程度動けなくなるだけで済む。

逃げるならばそのくらいの時間があれば事足りる。

しかし非力な人間や、弱い魔物であったりすると数日から数週間に渡り効果が持続する。

そして、非力な者たちはバジリスクに食われるのだ。

毒や堅牢《けんろう》な結晶の鎧《よろい》など扱い難《にく》い相手ではあるが、バジリスク自体の戦闘能力は同レベルの魔物に比べて低いものだ。

竜種でありながら翼は退化して鉱石に包まれており、竜種の特徴であるブレスも使用できない。

……しかし、ただ一つだけ、厄介過ぎる能力が存在する。金色の蛇眼《サベルアイ》に睨まれ、目を合わせてしまった者は文字通りに石化してしまうというものである。

その名も『石化の邪眼』。

魅了の魔眼の一種でもあり発動後、他者の関心を邪眼に集めるという効果も付随する。

目が逸《そ》らせなくなる……といったケースも生まれるのだ。

（高い抗魔力を持つ者ならば魅了効果は無くなり、石化も身体が凄《すさ》まじく重く感じる鈍化程度で済む）

これらの特殊な能力故にバジリスクはギルドでAランク魔物として登録されている。

◇

どうも皆さん。一家に一人、最強無敵の先代勇者、社勇《やしろゆう》です。

と、いつも通りにいきたいものの、状況がそれを許さない。

囲まれてます。

バジリスクに、囲まれてるんです。

「つがいってどころじゃないよ、これはっ……！」

降ろしてあげたトーレさんが呻《うめ》くように呟《つぶや》く。

そう、つがいってどころじゃないんだよ。そもそも桁《けた》が違う。

二体だと思ってたら……ひいふうみぃ……えぇと、十七体も居る。

おいおい、話が違うんでない？

つがいって話じゃなかった？

あ、でも数は指定されてないわけで……間違いじゃあないのかな？

それにしても作為的に仕組まれたであろうこの状況……一体何の目的で、誰の差し金だ？

ルクセリア王家？　……どうだろうな。ルクセリアが何を考えてるかわからんが、ギルドに手を回してまでこんな状況を作る意味がない。先代勇者と知られてるなら俺を勇者として使うだろうしな。

……俺が先代勇者だっていうのが都合が悪いというのなら話は別だが、お姫さんの言ってた通りなら当初は俺を呼ぼうとしていた筈《はず》だが……。

となるとギルドか？　これは更にわからない。最初は近く始まるであろう戦争に投入する戦力の確保のために、昇級クエストを受けさせられたのかと思っていたがこの状況でそれはないだろう。

俺が勇者でなければ確実に死ぬぞ？

……つまり、徴兵どころか俺を殺そうとしていると見える。

ギルド側の不手際？　……いやいや、仮にこの状況でギルドの不手際でしたーとか言ってきたらギルドの信用はガタ落ちだぞ？

ゴブリンの巣がオークや他の魔物に取って代わられるのなんか日常茶飯だが、上級魔物の『つがい』と『群』とでは大きく変わる。上級魔物たちのクエストは入念な調査を行うと聞いたことがあるが……これは入念な調査と言えるか？

しかもここは馬車で王都から三日の距離だ。

もしこのバジリスクの群が餌を求めて王都に向かって行ったらどうすんだ？　絶対にないとは言い切れない。

AAランクはトーレさん一人しかいないと聞いてたし、本当にどうするつもりだったんだ？

ここに俺が来てなきゃ王都だって、その王都に居を構えるギルドだってただじゃ済まなかっ——

そこまで考えて、俺の頭は思考を止めた。

する、必要がなくなったのだ。

カチリッ。

何かと何かが噛《か》み合う音、と言うべきか。

そんな小さな音が鳴るとともに、俺の、社勇の頭の中は自分でも驚くほどクリアになっていく。

机の上で模型を作っていて、作っている最中は器具や素材で散らかっていた机が、模型を作り終わると器具や余りの素材は片付けられていき、綺麗《きれい》になった卓上《あたま》には完成《いきついたこたえ》した模型だけが残っているように、俺の頭の中は綺麗になった。

なるほどなるほど。もし『婆《ばあ》ちゃん』が三年前に言っていた通りになってれば、この状況にも説明がつく。

……戦争に『俺を』駆り出し、尚且《なお》つその前に蜥蜴《とかげ》の駆除もさせる、と。

「……あーっ！　わかってみりゃ簡単じゃないか！　くそっ、悔しいぜっ」

「ユ、ユーヤ？」

ん？　トーレさんが恋人を心配するような目で俺を見てるぞ？

……ふふ、そんなに見つめてると、ヤケドするぜ？

……え？　あ、はい。……なるほど、声に出てただけと。……失礼しました。

「ま、答えがわかれば話は早い。こいつらぶっ飛ばして『婆ちゃん』に文句付けなきゃな。そだ、トーレさん。こいつ持っててくれます？　気絶しちゃったみたいで」

片手で抱えていた、青ざめた顔のまま怖い夢にうなされているように身体を震わせて気絶しているリルリーを、背に担いだ剣の柄を掴《つか》みバジリスクに向け走り出そうとしていたトーレさんに渡す。

「……！　ユーヤ」

「ご安心をトーレさん！　貴女《あなた》の愛の奴隷、社勇が纏《まと》めて片付けときますんで！」

ニヤッ、とイケメンフェイス（自分の中で）でトーレさんの言葉を遮ると、俺は四次元ウエストポーチに手を突っ込み、投擲《とうてき》用の槍《やり》を抜く。

「あー、……取りあえず、リリルリーを怖がらせた罰についてなんだが……お前ら『婆ちゃん』と折半ね？」

俺が短槍《たんそう》を肩に担ぐのと、バジリスクたちの群れが襲い掛かって来たのは同時だった。

◇

ギシャアアアッ！

人間では到底真似《まね》できないような掠《かす》れた鳴き声で鳴くバジリスクは、軽トラックを越える大きさの体躯ながら目にも止まらぬ速さで走り、跳び、襲い掛かって来る。

ワイバーン種の大きな特徴である翼と一体化した腕からは大きな爪《つめ》が伸び、子供くらいならば丸飲みしてしまえそうな大きな口には鉄すら噛み砕く、鋭い剣を思わせる歯がびっしりと生え揃《そろ》っている。

そんな見るからにただの人間では太刀打ちできないような化け物が十七体。

そのどれもがとある一ヶ所に向け殺到する。

少女が気を失うほどの殺気の中、手練《てだ》れの女戦士が死を覚悟してしまう地獄絵図の中、彼は、社勇は——、

「ちぇりお！」

そんな気の抜ける声と共に、短槍を振り投げた。

——ドンッ！

大気が炸裂《さくれつ》する音がして、次に短槍が着弾した地面がその周辺に居た四体のバジリスクと共に文字通りに吹き飛んだ。

「あそーれ」

楽しげに第二投を放つ。

彼が投げたそれは一瞬で音を置き去りにし、目標の二体のバジリスクの足元手前付近に着弾する。

ドン！

バジリスクの頭が、首が、腹が、尾が、ばらばらとなって千切れ飛ぶ。

激しい衝撃を受け、一瞬で砕け散った青と紫の結晶片が宙に舞う。

「あよいしょ」

振り向き際の三投目。事の異常さに気づくよりも早く、一度に三体のバジリスクが弾《はじ》け飛ぶ。

「そいやっ」

射線をずらして四投目。本当に投擲された槍なのか？と疑問を抱くこと必須なそれは、穂先をキラリと光らせた瞬間にバジリスクたちのすぐ横を凄まじい速度で通り抜けて行った。

外した？と思われた瞬間には、射出された槍の衝撃波で四体のバジリスクの身体が挽《ひ》き肉のように一瞬で潰《つぶ》され尽くし空中にぶち撒《ま》けられる。

「つぶねぇ……せ、セーフセーフ、今のセーフ！」

もはや掛け声ですらないが五投目。

狙《ねら》いを外した前の投擲のようにならぬよう集中して投げ、二体のバジリスクを地面もろとも吹き飛ばす。

残ったバジリスクは二体。

二体は一瞬で吹き飛んだ群れの仲間が作った血溜《だ》まり上に佇《たたず》む。

狡猾《こうかつ》で残忍とされるバジリスクは人間や上位の竜種には劣るものの知能は高い。

そのバジリスクが考えることをやめ、立ち尽くしてしまった。

逃げようとする動作も見せずに立ち尽くすバジリスクは、彼にとって格好の的だった。

「お、貰《もら》い！」

まるで友人が残していたおかずを掠めとるような気安さで、彼は飛び上がり槍を投げた。

ドスッ！

先ほどまでの人外魔境っぷりはナリを潜め、短槍はバジリスクの頭をちゃんと貫通し、バジリスクを岩に射止めた。

先ほどまでの要領でやっていれば確実に肉片になってたであろう。

残り二本と残り二体。……欲が出たのだ。

本来の予定通りクエスト報酬だけでなく、魔物の素材を入手することにしたのだ。

「こいつはお釣さ、とっときな！」

彼は自分の中の『生涯に一度は言ってみたい決め台詞《ぜりふ》BEST10』に入っている台詞と共に短槍を高く放《ほう》り投げる。

くるくると回転しつつ放物線を描いて投げられた槍は、最後に残った一体のバジリスクの上を越えようとしたところでフッ、と突然空中に現れた勇に柄頭《つかがしら》を蹴《け》られバジリスクの脳天を貫いてそのままバジリスクを地面に縫い付ける。

一瞬。

言葉通りの一瞬だ。三十秒とかからずに十七体居たバジリスクは、その一体も残さず彼に、先代の勇者に殲滅《せんめつ》された。

◇

「ドヤァ」

おっと、思わず考えてたことが口に出てたぜ。

けど、どーよ！

どーよどーよ！

凄《すご》いでしょう？　圧倒的でしょう？　惚《ほ》れるでしょう？

ふっふーん！　これがオラの実力《じつりき》って奴よ。

チートだって？　んなもん当然だろバーロー。仮にも勇者だよ？　これくらいして見せなきゃ勇者じゃないって！　俺たちゃ世界背負ってんだ。意地でも負けられないんだよ。

……って格好付けたものの、やっぱり気分爽快《そうかい》だよ。あー、スッキリした。

現実世界では力をセーブしつつ三年もの間普通の高校生を演じていたせいかストレスみたいなのが溜まってたのだろう。オークの巣でハッチャケてたのも、多分そのせいだろう。キャラ崩壊ジャナイヨ！

にしても爺《じい》さんの槍すげぇな。結構本気で投げたのに、ひしゃげてる程度で壊れず原形を保ってやがる……。

「……」

俺が爺さんの槍に驚いていると、いつの間にか座っていたトーレさんがよろよろと立ち上がる。

「あ、トーレさ～ん！　どうでしたか？　……お、俺、カッコ良かったでしたか？」

はしたないと思ったがトーレさんに優しくエロく褒めて貰おうと思い腕を組んで流し目でキメ

る！

「……う……ろ……」

……シーン。

……む、無音。あ、あれー……トーレさんスルーですか？

でも華麗にスルーする貴女もエロいです！

「……し……だ」

じゃ、じゃ、とトーレさんが歩く音しか聞こえない。

……あ～。なるほど。……トーレさんってば俺を優しく抱いてその胸で挟んでエロく褒めてくれる気なんですね？

それならそうと先に言ってくださいって！

ほら！　俺の腕の中にウェルカムで――――。

「うしろだっ、ユーヤ……っ」

全力で振り絞ったのだろう。トーレさんの悲痛な顔を見たのと同時に聞こえたか細い声。

「しまっ――――!?」

振り返った俺の視界には、血のように赤い結晶を生やした竜の、大きな蛇眼《サベルアイ》が映っていた。

十三話　女戦士は恐怖する

ユーヤ・シロウ。

ある日突然ルクセリアギルドに現れた黒髪の少年。

歳《とし》は確か十六って言っていたね。その歳の割りに背は少し低く、パッとしない顔立ち。悪くはないんだが好《よ》くもない。

そのくせ人一倍性に関心が強い、そんな少年だ。

初めて会った時にあたしは不思議な感覚を覚えた。ギルドの雰囲気と少しの情報だけで正確な答えを導き出すし、オークの巣を単騎で殲滅《せんめつ》したって言うし、ただ者ではないと思っていた。

だがあたしの中では、エロばっかり考えてるマセた子供。けれどなんというか、気持ち悪さよりもどこか安心感を覚える憎めないエロガキっていう位置付けだった。

優秀らしいし、こんな所で潰《つぶ》れるなんて可哀想《かわいそう》だな、なんて思ってバジリスク討伐に色々手を貸してやろうとも思った。

だが、ここまで異常だとは思わなかった。

絶対的な絶望の渦中、ユーヤは短槍《たんそう》だけで切り抜けて見せた。

バジリスクに囲まれ死を予感したあたしはユーヤたちだけでも、と思い囮《おとり》になろうとしていた。

ユーヤの腕にはリリルリーが眠る。その彼女を渡されたあたしは、ユーヤを止めようとしたが、その次の瞬間には見たことのないものを見た。

蹂躙《じゅうりん》だ。

ユーヤから、バジリスクに対しての、一方的な蹂躙。

本来逆の立場である人間が、たった七本の槍《やり》で化け物を蹂躙する。

一瞬だった。

一瞬で片がついた。

あたしは自分の頭が狂ったのかと思った。

幻覚を見たのかとも思った。

まるで伝説の、神話の英雄を再現したかのような戦いぶりに腰が抜けちまった。

そしてそんな凄《すご》いことをした当の本人はあたしを振り向かせたいのか、褒めて褒めてと甘えてくる。

ああ、かっこよかったよ。

そう素直に笑って言ってやろうと思ったが……声が、出なかった。

襲い来る圧倒的な死の予感。

ソレに睨《にら》まれたあたしは、一度そこで死んだと思った。

通常の色をしてない、馬鹿みたいにでかいバジリスク。

ハーレムの、頂点。

血を吸ったように赤い結晶の鎧《よろい》を纏《まと》った、化け物。

ソレが、ユーヤの背後に、居た。

奴は金色の眼《め》、『石化の邪眼』を見開いていた。

……だめだっ、逸《そ》らせないっ。

石化してしまうと、恐怖する。

だが奴はあたしなど眼中にないと一瞥《いちべつ》し、ユーヤに近づいて行く。

ソロリ、ソロリ。驚くことに、奴はその巨体で気配を殺しつつ接近する。他のバジリスクの大きさの数倍ある巨体で何故《なぜ》そんなことができるのか疑問に思うが、あたしは疑問を呟《つぶや》くこともできずにその様子を震え上がりながら眺めていた。

眺めているしか、できなかった！

動けば、すぐに死ぬ。

そんな言葉が頭の中をぐるぐると渦巻き、歯はガチガチと鳴る。

身体は壊れたように震え、口からは自身ですら聞き取れないほど小さな掠《かす》れ声。

恐怖で動けないでいるあたしの頭の中に声が響く。

「大丈夫さ。見てたろ？　ユーヤはあんな奴、簡単に殺せるほどの実力者だ。それが殺される？

馬鹿かお前は。お前が気に掛けるまでもないよ」

その声にあたしは素直に安堵《あんど》した。

そう、そうだよ。あんなに強いんだ。ああやって馬鹿みたいにエロいことを考えてるのだって周りを欺くためだったのさ。現にあたしは騙《だま》された。今だって後ろに迫る奴に気づいてない振りをしてんだよ。

そう頭の中で決め付けたあたしの頭の中で、誰かが叫ぶ。

「もし、もしもの話だ……本当にユーヤが気づいてなかったら？　ユーヤは、化け物に食われちまうんだよ!?」

！

そう、そうだ。もしも全く気づいてなかったら。……いくら凄くても身体は柔だったりしたら？　身体を、食われちまったら？

「……死んじまうよ……あの時と、同じでっ！」

思い出されるのは数年前に魔物《モンスター》に食われた、弟の姿。

バカで、実の姉を女として見るような奴だが、どこか憎めない……そんな、ユーヤみたいなガキだった。

あたしは……また、失うのか？

ユーヤが殺されたら、と思うと大きな虚無感が胸を襲う。

あの時のような、あの、からっぽな感覚を味わうのか？
いやだっ……!!
あたしは必死に立ち上がり、ユーヤに危険を知らせようとする。
ユーヤっ、気づいておくれよ！
声が震えて、掠れて届かない。
振り絞った声がようやく届いた瞬間には、
ユーヤは砕け散ってしまった。
石化の邪眼を受け一瞬で石化し、奴の牙に噛《か》み砕かれた。
石像のようになったユーヤの、下半身だけがその場に残った。
う、嘘《うそ》だろう？
……ユーヤが、死んだのか？

「ひっ……！」

奴が、こっちを向いた。
石化の邪眼は発動していない。それが、逆に恐怖を煽《あお》った。
食う気だ……！
ユーヤを石にして確実に殺した奴は、あたしらを食おうと思ったのだろう。
あの牙で切り裂かれ、咀嚼《そしゃく》され、痛みの中で死んでいく。

先ほどの比でない恐怖を覚える。

辛うじて立っていた脚は崩れて腰を付く。

必死に、立ち上がり逃げようとするが腰が砕けて立ち上がれない。

奴が、追い詰めた獲物で遊ぶようにゆっくり、ゆっくり、と近づいてくる。

「いや……いやぁっ!!」

恐怖が募る。

股に熱いものが溢《あふ》れ、けれどそんなことを恥じる間もない。奴が近づいてくるのだ、逃げなくては。

必死に後ろに、後ろに逃げようと後ずさる。それを見て楽しんでるのかバジリスクは歩調を速くしたり遅くしたり緩急を付けてあたしの様子を楽しむように遊ぶ。

そして、突然大口を開けて、来た。

逃げられない……っ!

あたしがそう思った瞬間に、少女の寝息が聞こえた。

「……ん、……ユウ……っ」

咄嗟《とっさ》にあたしは彼女を、リリルリーを抱きかかえていた。

悪夢にうなされる少女。

その子がせめて、安心して逝《い》けるように。

あたしは母に優しくあやされた過去を思い出しながら彼女を強く抱き締める。

バジリスクに食われる瞬間を見れる筈《はず》もなく、あたしは目を閉じた。


痛みが、来ない？


いつまで経《た》っても痛みが来ない。何が起こったんだ？

バジリスクはまた遊んでるのか？　あたしが恐怖する様を見たいって？

とことん下衆《げす》な考えをするもんだ。

あたしは恐怖が心を支配する中でそんなことを思った。

不意に、足元が揺れる感覚を覚えた。

何か大きな物が倒れた時に感じるような――――。

「あ……あぁ……っ」

あたしが目を開いて最初に見たのは頭。首の根本から切られた、赤いバジリスクの頭。

そして次に見たのは、首の無い赤いバジリスクの身体の上に立ち、一振りの極光を持つ、少年の姿。

星の輝きを閉じ込めたように煌《きら》めく剣。

そしてそれを持つ、ユーヤの姿だった。

「ユー……ヤ……」

服が破れたのだろう。上半身裸の状態の彼は今までに見たことのないような真面目な顔をしていた。

「……ごめんなさい、トーレさん」

ユーヤは申し訳なさそうに、とてつもなく悔しそうに、今にも泣きそうに、そう呻《うめ》くように謝って来た。

十四話　先代勇者の秘密

右手に掴《つか》む聖剣が、どこか俺を批難しているように思える。

それもその筈《はず》だ。俺の甘さが、この状況を呼び寄せたのだから。

リリルリーを意地でも連れてこなければ、彼女は怯《おび》えて気絶することもなかった。

最初から、聖剣を抜いていれば良かったんだ。

そうすればトーレさんを怖がらせずに済んだ。

バジリスクのクエストなんて受けなければ、そもそもこんなことになることも……。

思考が悪い方へ向かっていくのが自分でもわかるが止められない。

バジリスクの死骸《しがい》から降り、石化した際に辛うじて壊されずに残っていたウエストポーチ型の道具袋から制服を取り出す。

「俺が真面目に戦ってなかったせいで、……怖がらせて、すみません」

リリルリーを守ろうと抱き締めてくれていたトーレさんに制服の上着を掛ける。

「……っ、……あ、あたし、は……あたしは良いんだよ……。アンタの、ユーヤのお陰で生き残れた。……そ、そりゃ……こわ、かったけど、さ……、っ……ぁ……」

そう言って、トーレさんは俺に抱きついて嗚咽《おえつ》と共に涙を流した。

最後の赤いバジリスクは規格外だった。

狡猾《こうかつ》さを始め頭も良く、一体一体ならバジリスクに勝てるであろう実力者のトーレさんが、本能で負けを認め、自身の結末を幻視してしまうほどの、規格外。

自信を砕かれ、俺みたいな男の前で醜態まで晒《さら》してしまったのだ。彼女の自尊心は大きく傷ついて、そして安堵《あんど》感と共に恐怖が呼び起こる。

怖かったと、悔しいと、恥ずかしいと、彼女は声にならない声を吐き出しながら俺の腕の中で泣いた。

……何が腕の中に、だよ。……冗談も程ほどにしろよ、……何、ふざけてたんだよ、俺は。

情けなさと共に自分への怒りが込み上がってくる。

そんな時、彼女の、リリルリーの声が聞こえた。

『ん……あ、ユウ』

「リリルリー！」

トーレさんの腕の中で目覚めるリリルリー。

「悪かったリリルリー……俺が真面目にしてりゃ……怖がらせずに」

「あ」

俺が謝ろうとすると、リリルリーはそれを無視して俺の右手を見る。

いや、右手の聖剣を見る。

「……あの時の、光」

そして聖剣にまるで壊れ物を触るかのように優しく触れて、微笑《ほほえ》んだ。

「また、助けられちゃった」

残念そうに、けれど嬉《うれ》しそうに。

エルフの少女は笑った。

「……スンスン……、変な臭い、がする。……お漏らし？」

そして地雷を投げつけて来やがった。

「っ!?　っ、な……これ、はっ、違っ……！」

案の定トーレさんが顔を真っ赤にして凄《すさ》まじく狼狽《うろた》える。

「私も、たまにしちゃう、から、大丈夫」

「が、ガキと一緒にするんじゃないよ！」

慰めるリリルリー。だがそれは逆効果たぞ？　あ、いや違う。リリルリーの奴、微《かす》かに笑ってやがる。

にしても……おもらし、か……。あのエロ装備で、おもらし……お尻に垂れる、黄金す——

「なにっ、ニヤニヤしてるんだいユーヤ!?」

「あ、いえ、……エロ可愛《かわい》いな、と」

あのエロいトーレさんが、幼い女の子のように恥ずかしげに太ももを閉じてモジモジしてる。

これはっ、……バジリスクぐっじょぶ！

「真面目にするとか言った矢先にこれかい！　なっ!?　ど、何処《どこ》見てるんだい！」

「お、お金なら払いますので！　ご、後生です！」

俺が地面に這《は》いつくばって近づくとトーレさんは割りと本気で焦り逃げようとする。

が、遅い。俺は戦うと決めたら、本気で戦うと決めたんだ。全力で……っ!!

と無駄に熱くなっていると俺の両肩に重みが加わる。

まさか!?

「えっちなのは、ダメ！」

えっちなことは大嫌い、エルフの幼女リリルリー。彼女は左手で俺の左耳を、右手で俺の髪を掴み、一瞬溜《た》めてから思いっきり引っ張って来やがった。

「痛だだだだっ!?」

耳と髪、同時に二ヶ所にダメージを与えられ俺は泣き叫んでいたが、ガタガタガタガタ、と遠くから聞こえてくる大きな音を耳が捉《とら》え、音のする方を向いた。

流石《さすが》にさっきの今で同じ過ちをするまいと、周囲に気を向けていたのが幸いしたのだろう。

相変わらずリリルリーは俺の髪と耳を引っ張るが実は泣き叫ぶほどの痛みじゃない。これくらいの痛み、今までもっと凄《すご》い痛みを感じて来た俺にとって、容易《たやす》く——

「痛いですもうエロはしないから許してリリルリーさーん!」

「わかったなら、良し!」

仕事を終えた時のような顔で降りるリリルリーに若干の怒りを覚えた俺は、今度リリルリーの耳を軽く引っ張ってやろうと心の中で誓った。

「?　……何か、来る?」

リリルリーの尖《とが》った耳がピクピクと動く。

遠くから聞こえてくる音にようやく気づいたのだろう。

「あれだ……あれは、……馬車、だねぇ」

股を閉じながらも立ち上がったトーレさんが指差した方向には、小さくだが言った通りに馬車が見えていた。

モジモジとするトーレさんマジエロ可愛《かわい》い。

「ん？」

「ご、ごめんなさい」

手を広げて何かを掴む動作をしたリリルリー。明らかに『引っ張るぞ？』と脅して来たリリルリーに逆らえず俺は謝った。

それから数分後、三台の馬車は俺たちの前に止まった。一台に関しては馬車と呼んで良いものではなかった。

六頭もの馬が引く、六つの木の車輪を持つ台。

これは、大型の魔物《モンスター》を引く際に使う荷馬車だ。

普通のバジリスクに使うには少々大きすぎる……まるで規格外のバジリスクが現れることを知っていたような対応である。

「お待たせしました、勇者ヤシロ様」

先頭の馬車から降りてきた巫女《みこ》服の巨乳美人が俺に向け頭を下げる。

「勇者……？」

トーレさんが息を飲んだのがわかる。そりゃ突然俺なんかが勇者なんて言われるんだ、普通は思考が止まりかねない。

というよりも、

「ここに来たのも、荷馬車を持って来たのも、……俺を勇者と呼んだのも、貴女《あなた》の上の人間なんですか？　……受付さん」

俺がギルドに初めて行ったときに受付嬢だった巨乳ちゃんだった。

受付嬢としての彼女ではないせいか、優しげな表情は消え、他にも馬車から現れた数人の巫女さんたちと同じく冷たい表情になってしまっていて最初に気づけなかった。

「はい。我々はギルドマスター様の命を受け貴方《あなた》たちの迎えと、討伐されたバジリスクの回収に上がりました。勇者様とリリルリー様は先にこちらに。……トーレ様はこちらの方で先にお召し変えを」

「な、なんでそれを!?」

巨乳ちゃんは二台目の馬車へトーレさんを連れて行く。

……バジリスクを倒してすぐに現れ、トーレさんのお漏らしを知っていたかのような対応。

まるで未来を見透かしたような事の流れに俺は今回の一件を仕組んだ相手が予想通りだったことにため息をついた。

「婆《ばあ》ちゃんのことだからな、こうなることを知ってたんだろうな……はぁ、罰受けたのは俺の方か……」

「？」

俺は首を傾《かし》げるリリルリーの頭を撫《な》でながら、一台目の馬車に乗った。

十五話　先代勇者の古い傷

洋風テイストな和服という、和服のくせにどこか洋風な、中途半端な服装なくせにある種の完成された美を持つエルフの装束。

元々和服っぽい服装を着ているエルフが外との交流を経て完成に至らしめたというその逸品。

その装束の、白い浴衣《ゆかた》に身を包んだトーレさんは、やはり女神だった。

肌と服の対照が服を、そしてトーレさん自身を主張させ、包み切れない胸が服を押し上げ谷間を見せ、スリットから覗《のぞ》く褐色の生足とともに情欲をそそ――

「らない！　そそらないから！　だから髪はだめ！」

トーレさんに見惚《と》れてた俺にリリルリーが手を伸ばす。

「……わ、私も、同じ、服！」

「あれ？」

むしられると思ったらリリルリーが手を上げただけだった。

元々エルフがエルフのために作った服なのか、リリルリーはとても似合っていた。

「あと十年後にまた着てください」

「う〜、！　なんで、お漏らし、したトーレばっかり！」

「あ、あたしをそんなキャラにするんじゃないよ！」

地団駄を踏むリリルリーと顔を真っ赤にして叫ぶトーレさん。

あれから俺たちは三日間巫女《みこ》さんが乗って来た馬車に揺られて、王都のとあるお屋敷に迎え入れられた。

俺たちはそこで一泊し、そして今日『ギルドマスター』の本邸にお招きされた。

俺たちが泊められた屋敷は別邸だったらしい。

別邸の数倍の大きさを誇る本邸に着くと、大した説明もされず服を着替えさせられ、屋敷内の一角にある扉の前に俺たちは連れて行かれた。

俺は対して変わってないがリリルリーやトーレさんにはエルフの礼装が着せられていた。

ちなみに来る途中、巫女さんたちに色々話を聞こうとしても異性……つまり男との会話を禁じられているらしく、巫女さんたちの中で一番偉いらしい巨乳ちゃんに「不必要に話しかけないでください」と断られていた。

巫女服を着た巨乳ちゃんが扉の前に立ち、ノックしようと手を上げたところで、

「入れ」

と、扉の奥から声が聞こえ、巨乳ちゃんはノックせず扉を開けた。

木造の扉らしく微《かす》かに木が軋《きし》む音と共に開かれていく扉。

開いて行けば当然部屋の中が見えていくわけだが、部屋の中に家具は天蓋《てんがい》付きの大きなベッドしかない。

だだっ広い部屋の真ん中にある天蓋付きのベッド。

そのベッドを中心に、床に大きな魔法陣が描かれていた。

古代イシュレール語から始まり精霊文字、はたまた名前すら存在しない文字を使って描かれたそれは、一つの魔法陣で十を越す効果を同時に備えてあるものだ。

本来魔法陣は一つの魔法に対してしか使わない。

複数の魔法を一つの魔法陣で発動しようとすると効果が相反して半減したり、そもそも発動しない、なんてこともあるからだ。

なのに、魔法陣が大きいからといって十を越す魔法を一つの魔法陣で発動させるなんて、こんな馬鹿げた魔法陣を描けるのは俺の知り合い一人だけだ。

やはり、俺の考えは正しかった。

天蓋から垂れる薄布に人影が見える。

「久しぶりじゃのう、社《やしろ》」

人影が動き、少女の声が聞こえる。

「ほれ、近う寄れ。そんな離れていては話しづらいじゃろうが」

人影が手招きする。俺はそれに従い天幕のように垂らされた薄布の前に立つ。

「どこまでわかってたんだ？」

「カカッ、まさにソレじゃ。汝《な》れの第一声までわかっておったわ」

薄布の奥に居るだろう少女がさも愉快げに笑う。

「そっか。……久しぶりだな、婆《ばあ》ちゃん」

俺がそう言うと、薄布の奥の少女は腕を伸ばし、薄布の切れ目からその白い肌を見せた。

「バカ弟子が！　妾《わらわ》のことはノルンと呼べと言うたであろう！」

薄布を邪魔と言わんばかりに腕で退《ど》けたその白い肌の腕。

薄布の向こうに現れたのは病的にまで白く美しい肌をした、血のように紅《あか》い瞳を持つ少女。

透けて見える白い髪はベッドから床にまで垂れるほど長い。

美しい髪から覗く先の長い耳が、彼女をエルフだと知らせる。

彼女が言うように、三年前に俺は彼女の元で力の使い方を学んだ。

そしてリーゼリオンの元宮廷魔導長のノルンには、彼女だけが名乗ることを許された二つ名が存在する。

「時の魔女ノルン様、って？」

時の魔女。

そう、時を操ることのできる魔性の女だ。

その二つ名の通り、彼女、ノルンは自身に流れる時を停《と》めている。

また彼女は時を操るだけでなく、未来を知ることもできる。いわゆる未来予知というものだ。バジリスク討伐直後に馬車を寄越したのもその能力故。

この一連の事件、仕掛人は間違いなくこの女だろう。理由もなんとなくわかってる。

「今回の一件、どこまで読んだ？」

「俺を戦争に駆り出したいんだろ？　んで、平和ボケして調子にも乗っていた俺の鼻をあかすためと、ついでにいつここに襲ってくるかもわからないバジリスクの群れの討伐に行かせた。トーレさんの同行を許可したのは元々そのつもりだったのか、トーレさんを連れて行くことで最善と思われる未来に行き着いたから……一度のことで複数の事を同時に成す。上に立つに必要なことだっけ？

……相変わらず、すげぇよな」

俺が言うと、彼女は愉快そうに笑う。

「どうやら身に染みたようじゃの？　その通りじゃ、社。やはり一度死なせたのが良かったのかの？　お主は昔から痛い目に遭わせ、身体に教え込まんと覚えなかったからな」

そう、俺はあの時一度死んだ。比喩《ひゆ》ではなく、石化し、砕かれ、一度死んだ。

死んだが、ある理由により瞬時に生き返ったのだ。

そして俺は自分が死に、トーレさんたちまで危ない目に遭ってようやく本気になった。

……たく、先代勇者が情けないぜ。

俺が自嘲《じちょう》していると、俺の裾《すそ》を掴《つか》んでいたリリルリーが前に出る。

「死ん、だ？」

少女を見てから俺を見上げる。

「ん？　……なんじゃ、ここに来る途中に話さなかったのか？　汝れが先代の勇者だと」

「あー……それは、話した」

そう、俺は王都に着くまでの三日間で自身が勇者であることを語った。

巨乳ちゃんが先に二人にネタバレしてしまったせいだ。

リリルリーは興味無さげだったが、意外にも食いついて来たトーレさんに話すと、あの強さにも納得したよ、と言った。

が、俺は勇者ということだけしか話してはいなかった。

俺が一度死んだことは話してない。トーレさんも聞きたがっていたみたいだが、空気を読んで黙っていてくれた。

今、答えるとしよう。

「トーレさん。俺、バジリスクに石化され砕かれましたよね？」

「……ああ」

俺が問うとコクンとトーレさんが頷《うなず》く。

「俺はあの時一度死んだんです。けど、勇者の俺はすぐに生き返った」

「……ユウ、……大丈夫、なの？」

今にも泣きそうな顔でリリルリーが俺を見上げる。

「ああ。石化してたし、痛みはなかったのが良かったって言えば良かったか」

リリルリーを撫《な》でながら答えると、トーレさんが一歩俺に近づく。

「……勇者ってのは不死身だったたってのかい？」

「まあ、正確には俺は勇者じゃないんだけどね」

そう返すと、トーレさんは訳がわからないと言うような顔をした。

「カカカッ、汝れらしいのう。……不死の化け物と思われるのが嫌だったのか？」

婆ちゃんが嗤《わら》う。彼女の言う通りだ。だから、俺は勇者という存在の詳細を伝えていなかった。

「……勇者とは本来、人々の希望が集い形成す、正の象徴『聖剣アル』と、そしてそれを扱う『聖剣の担い手』を一括《くく》りにそう呼ぶのじゃ」

「聖剣……？」

トーレさんが首を傾《かし》げるのもわかる。第二皇女や婆ちゃんらの尽力により、世界には勇者という名前は出回っていても、俺の名前や本来の役目などは知れ渡っていないのだ。

ルクセリアのお姫様も、それは知らないらしい。

召喚陣のコードが、俺の持つ聖剣、『アル』の真名だからだ。

「聖剣は対極たる魔王を倒すために担い手たる人間を死なせはしないし、そして担い手は聖剣を持ったその瞬間に人ではなくなり担い手となる。……魔王を倒す限りは、の」

聖剣とは人々の希望、願いの集合体。そして魔王は人々の憎しみ、妬《ねた》みの集合体。

対極に位置する聖剣の担い手と魔王は、互いを倒すまで倒れない。

魔王を封印するに至った理由が、俺と同じように殺しても死なず、何度倒しても生き返ってしまう魔王との、終わらない戦いを無理矢理にでも止めるためだったのだ。

そのために俺たちは大切な人を失った。

「故に安心せえ、同郷の娘よ。其奴《そやつ》は死んでも死なん」

カカカッ、と時の魔女は嗤った。

「そう言えば、婆ちゃんに聞きたいことがあったんだよ」

「だから婆ちゃんと呼ぶなと……まあよい。なんじゃ？　永遠の美貌《びぼう》の秘訣《ひけつ》か？　それは勿論《もちろん》たゆまぬ努力が」

「自分の時を停《と》めてるだけだろうが。そーじゃなくて、魔王の事とかだよ」

俺がそう言うと、婆ちゃんはなるほどと頷いて姿勢を変えた。

――というか寝っ転がった。

「流石《さすが》に態度悪くない？」

「黙れバカ弟子が。妾ほどに歳《とし》を取るとな、身体の節々に痛みが走り座るだけでも一苦労なのじゃよ」

「保ててんの見た目だけかよ！」

「カカッ、まあ冗談は置いておくとしよう。……既に汝れも気づいておるじゃろうが、魔王は復活していない。そもそも封印が解かれれば汝れが気づく筈《はず》じゃ。奴を封じる楔《くさび》は、汝れにも繋《つな》がっているからの」

寝っ転がりながら話す婆ちゃん。結局直さないのか。

「……どうして魔王が封印じゃなくて、撃退されただけってことになってんだ？　……そして、どうしてまた現れたことになってんだよ」

ルクセリアのお姫さんが言っていたが、魔王がまた現れたことになっている。

「復活してはいない。が、奴の直臣である六刃将らが魔王復活のため蠢動《しゅんどう》しておる。その活動が魔王復活と勘違いされたんじゃろ」

「じゃあ今回の戦争は、六刃将の独断？」

「無論そうじゃろう。……大方勇者が召喚されたからそれを討つためじゃろ。奴らにとっては主を封じた怨敵《おんてき》じゃからな」

そう言うと片手で後頭部を掻《か》きながら、片足でもう片足の太ももを掻くなんていう非常に残念な動作を始める。

見た目は美少女だが中身は中年女だ、これじゃあ。

「そこで本題じゃ。……汝れ、戦争に参加せよ」

「んな格好で重大なことを決めないでくれ！　そして何がそこで、なんだよ」

ミーハー向けな二つ名、『永久の妖精』が泣くぞマジで。

「当代の勇者たちは中々勤勉での。聖剣無しでよくやると褒めたいくらいの成長ぶりを見せておる。ま、汝れと違って可愛《かわい》げがないがの」

「な、なんだよ突然褒めやがって……つか男に可愛いとか言うなって」

「ほれ、バカな子ほど可愛いと」

「貶《けな》してたのかよ！　……で？」

適当に返しながら聞いていると、婆ちゃんは突然ベッドから立ち上がる。

「まだまだ力量不足なのじゃ。膨大な魔力を使いこなし始め、戦闘技能も汝れと比べ遥《はる》かに速く吸収していっておるらしい。……そうじゃな、聖剣抜きなら汝れと互角に行けるかも、というくらいには」

「聖剣抜き……って、十分化け物レベルじゃねーか」

聖剣『アル』の担い手となった俺は身体の構造を大きく変えられてしまった。

そう、殆《ほとん》ど生身で魔物《モンスター》を殺戮《さつりく》できてしまうくらいに。

が、その程度では六刃将にはまだ勝てない。奴らを遥かに凌駕《りょうが》する、魔王と互角の『超越級』の力を得るには、俺は聖剣を使わないとならない。

聖剣自体には様々な加護や特殊な性能が付いていて、その一つに身体強化の機能も付いている。

魔法でも身体強化の魔法は存在するが、能力の上がり様が大きく違う。

魔法での身体強化は一般人が岩を砕けられるようになる程度だが、聖剣による強化は山を砕くとか、振った衝撃で海を二つに割るとか、そんなレベルなのだ。

そして元が一般人より大きく離れている俺は聖剣を使うことで、それこそ文字通り最強の力を得るのだ……まあ魔王とのツートップなわけですが。

話を戻すが、聖剣抜きの俺に並ぶということは並み居る魔物を容易《たやす》く蹴散《けち》らすくらいの力を持っている。

異世界に来て数週間の間で、急激にレベルアップしたのだろう。

正直、人間では最高峰レベルと言える。

「うむ。特にカイト・アマギは凄《すご》いぞ？　竜言語《ドラゴ・ロア》を使いこなしておる。聖剣抜きなら、汝れも勝てん」

婆ちゃんが少し歩くと巫女さんたちが現れ、寝巻きの上に上着を掛けたり、長い髪を結い上げたりと働き出す。

が、そんなこと気にせず俺は叫んでしまった。

「竜言語《ドラゴ・ロア》だと!?　うわ、マジかよ！」

竜言語《ドラゴ・ロア》。名の通り竜が使う言語である。言葉の一つ一つに力が存在し、その言葉で紡がれる魔法は竜のごとき力を振るう。

聖剣を持った俺が苦戦する古　竜《エンシェント・ドラゴン》が好んで使う魔法はほぼ竜言語《ドラゴ・ロア》だ。

強いが、普通の人間では詠唱中に魔力が切れてしまうほど馬鹿げた魔力消費量を誇り、人類では最高レベルの魔導師である婆ちゃんでさえ、竜言語《ドラゴ・ロア》を一つ使うのに入念な準備と、この部屋の床に敷かれた魔法陣のような超高度魔法陣からのバックアップが必要なのだ。

イケメン君の魔力量は宮廷魔導師の七千人分だったか？

それだけありゃ確かに使えるかも知れん。

こりゃ……マジで凄いぞ？

――だが、

「それでも六刃将の一角とまともにやり合えるって程度か」

竜言語《ドラゴ・ロア》をイケメン君が使えると言うのなら、彼は凄《すさ》まじく強い。

だが、その程度でも公爵《デューク》級と並ぶ程度。

「うむ、公爵《デューク》級が一体なればなんとかなろう。……が、しかし複数体なら、不味い」

巫女さんたちが離れて行き、婆ちゃんが歩き出す。

「婆ちゃん？」

「付いて来い。お主らもじゃ、トーレ、そして同郷の」

こちらを一瞥《いちべつ》もせずに外に向かう婆ちゃんに、俺たちは付いて行く。

「話の続きじゃが……この先、何が起こるかわからんのじゃ」

「……は？」

部屋から出て、無駄に長い階段を下り無駄に広いホールに降り立つと、そう婆ちゃんは告げた。

心なしか、不安そうだった。

「どういう意味だよ。何が起こるかわからない……って、婆ちゃん未来がわかるんだろ？」

「うむ。数瞬先は相も変わらず絶好調じゃが、こと遠くの未来に関しては見えなくなってしまったのじゃ」

降りてきた階段の陰になる所に、更に地下へ降りる階段があり、婆ちゃんは迷う素振りも見せずに降りる。

「正確に言うなれば、……数ヶ月以上先の未来が見えなくなっておるのじゃ」

地下への階段を進みながら婆ちゃんは続ける。

「見えなくなった……直るのか？」

「わからん。時の魔法を会得し千と数百年が経《た》つが……こんなことは初めてじゃ。……今回の戦争も、未来は見えておるが確証が持てぬのだ」

コツコツと、階段を進む靴音だけが響く。

そして、最下層に行き着いた。そこには幾重にも鎖が壁に張り付き、開かないようにされた扉。

まるで開けてはイケない、開いてはイケない、そんな……。

「故に汝れにも戦って貰《もら》う。……汝れが平穏な生活を求むのもわかっておる。がしかし、此度《こたび》の戦だけは、師匠としての命令とさせて貰う。……すまぬな」

「なんだよ、婆ちゃんにしては随分殊勝じゃんか。いつもみたいに偉ぶってくれよ」

苦笑しながら言うも、背中しか見せない婆ちゃん。

その肩は、微かに震えていた。

「汝れが勇者だと知られぬよう、顔を隠す物は作った。……じゃが、妾は大きな罪を、犯してしまったのじゃ」

婆ちゃんが鎖に触れると、鎖は音を立てて崩れ落ちた。

「汝れの心を、酷《ひど》く苦しめるやもしれぬのだ」

ギイ……と、扉が開く。

ゆっくりと、ゆっくりと開いていく。

「汝れの古き傷を……ようやく癒えたであろう古傷を抉《えぐ》る所業やも知れぬ」

そして、扉は開ききり、扉の奥が知れる。

「不甲斐《ふがい》なき師を許せ……」

そこには――――。

十六話　二代目勇者の帰還

ルクセリアの城の中庭にて、籠手《こて》を付けた少女がその可憐《かれん》な見た目に似合わぬ、荒々しい動きで拳を振っていた。彼女の動きを追うようになびく二房の赤髪はその動きと同じく、荒々しく空を舞う。

「……はぁっ……！」

少女の掛け声と共に突き出された拳は、虚空に軽い破裂音を立てる。

「やぁあっ！」

続いて全身を捻《ひね》らせ、最大限遠心力をつけた回し蹴《げ》りが轟音《ごうおん》を立てて空を切り。

「たりゃあぁ！」

〆《しめ》とばかりに繰り出された手のひらからは蒼《あお》い光が漏れ、突き出すと同時に、光は炸裂《さくれつ》した。

「はぁ……はぁっ……」

赤い髪を二房に分けた少女は、自分の着ていた服を汗で濡《ぬ》らして透かせながら、地面に大の字になった。

息を吸う度に肺に来る熱気が、身体を熱くし、更に汗を出させる気がした。

「随分荒れているな、茜《あかね》」

空を見ていた彼女の視界に、彼女と同じ年頃の、巫女《みこ》服のような着物と袴《はかま》を着た少女が現れた。

黒い髪を腰まで伸ばし、前髪を切り揃《そろ》えた少女は、大の字になっていた少女に濡れたタオルを渡す。

「……ふん」

茜と呼ばれた少女は手渡された濡れタオルで顔や首もとを拭《ぬぐ》い、ようやくスッキリした表情になる。

「海翔《かいと》の事か？」

「う、うっさいわね！」

「はは、隠さずとも良い。私も同じだからな」

「え……咲夜《さくや》……アンタ、まさか……」

「茜のようにフォーリンラブなわけではないがな」

「うっさい！」

茜が視線で噛《か》みつくと、咲夜と呼ばれた少女は、クス、と笑って、すぐ表情を曇らせた。

「やはり、あの時のせいなのだろうな……海翔がおかしくなり始めたのは」

「……」

茜は、咲夜の言葉を否定しなかった。

「人の死を、あんな残酷な形で見せられたのだ……以前と同じようにはなれぬも道理。海翔が迷宮に籠《こも》ってしまってはや五日経《た》つが、今、彼処《あそこ》で海翔が自身を虐《いじ》め抜いている理由は、あの時の魔族を倒すためだ」

そう。天城《あまぎ》海翔はアグニエラの襲撃の一件から、まるで己に罰を与えるかのように自身を虐め抜いた。

このままでは魔族を倒せない、と宮廷魔導師長に懇願し、時の流れの違う『時の迷宮』へ入った。

そこは古竜《エンシェント・ドラゴン》を始めとし、様々な古代の種が跋扈《ばっこ》する魔窟《まくつ》だ。

そしてその迷宮の最奥に鎮座する最強の竜種である最古の竜《エルダードラゴン》から特殊な魔法の教えを受けているらしい。

「海翔が苦しんでいる、そんな時に海翔の力になれない。……だから今のように無理な鍛練をしていたのだろう？　いや、鍛練と言うより、暴れていた……と言った方が正しいか？」

「……」

咲夜の言う、その通りだった。

海翔はあの時から変わってしまったのだ。

今まで見せていた歳《とし》相応な笑みは陰りを見せ、剣を握れば怒りを瞳に宿す。

優しかった海翔は消えてしまい、魔族に対する怒りだけになってしまったように茜は感じた。

あの時もっと強ければと嘆く今の彼には、彼女らの声さえ届かない、そんな風に感じたのだ。

それが悔しくて、哀しくて、彼女は鍛練とは呼べぬほど荒く稚拙な自傷行為に走っていたのだ。

「良ければだが……私も暴れたくてな。……手伝ってはくれないか？」

咲夜が何処《どこ》から取り出したのか、刀を鞘《さや》から抜く。

これは魔剣の工房に刀の概要を伝えたところ、その老鍛冶《かじ》師が打ってくれたものだ。

「……良いわよ。咲夜とは一度本気でやってみたかったし！」

その刀を見た茜は、大の字から脚を上げた反動で上手く立ち上がり、自身の拳を拳に打ち付ける。

先ほどまでの、暗い雰囲気はなくなっていた。

自分だけではなかったのだ。彼の変化に困惑と、焦りを感じていたのは。

「行くぞ！」

「上等！」

刀を持った少女と、拳を構える少女とが互いに走り出す。

「「我が身よ猛《たけ》れ、『ディバイン・アームズ』」」

少女たちが叫ぶと、その身体を淡い光が包む。

身体強化魔法『ディバイン・アームズ』。

腕力、脚力を始めとした身体能力を上昇させ、同時に防護皮膜のような障壁を展開する複合技だ。

身体能力が強化された二人は風のような速さで激突し、銀閃《ぎんせん》が走る。

常人では捉《とら》えられないほどの速度の剣撃と拳撃とがぶつかり合い、弾《はじ》き合う。

「ふふ、海翔はともかく武術も何もしてなかった茜が良くここまで強くなったものだ！」

刀を神速で振るう少女咲夜は少しでも反応が鈍れば自分を捉えるであろう拳を見切り、刀の腹で逸《そ》らし、身体を動かし避けながら感慨深げに話す。

「ちょ、話しかけないでよ！」

対し茜は身体能力はともかく、技量が上の相手である咲夜に喋《しゃべ》る余裕も無さげに拳を振るう。

「やはり、海翔のためか？」

「んな!?」

「油断大敵だ」

茜が海翔に恋心を抱いていることを知っていた咲夜が口先で茜の動揺を誘い、乗ってきた茜の隙《すき》を、突く。

「こなくそっ！」

「ほう……！」

しかし突きを上半身を反らしたことで避けた茜が、反らしたままサマーソルトキックを放ち刀を上に弾く。

刀を持ったままの咲夜の腕が、上を向く。

「貰《もら》った！」

四脚《しきゃく》で着地した茜が右手を引きながら大きく踏み込む。

右手に光が集い、散りそうになるそれを茜は掴《つか》む。

「インパク――――」

「それは痛そうだからな、食らってやれない」

突き出した掌が上に弾かれる。

見れば咲夜の腰に携えられていた黒鞘が握られていた。

「ず……狡《ずる》いわよ咲夜！　鞘を使うなんて聞いてない！」

「奇策を用いないと決めてかかった茜が悪い……ふふ、今のところはまだ、私が上かな？」

茜の喉《のど》元に突きつけられた刃《やいば》。白刃の煌《きら》めきに茜は唾《つば》を飲み込んだ。

「茜さ～ん！　咲夜さ～ん！」

二人の勝敗が決すると、どこからか自分たちを呼ぶ女の子の声が聞こえて来る。

「ほんと、女の子にしか聞こえないわね」

「むしろもう女子ではないか」

女の子の声……しかし、この声を発しているのは、彼女たちにとって異性の、男性だ。

たったたっ、と靴音を鳴らし二人の前に走って来たのはぶかぶかの黒いローブを羽織り身の丈を越える樹の杖《つえ》を両手で持つ美少女……にしか見えない男の子だ。

「どうしたのよ晶《あきら》。アンタ運動できないでしょうが」

到着した途端、息が切れたように荒く呼吸をする小柄な少年、晶を茜は心配する。

「戻って来たんです……！　海翔さんが迷宮から戻って来たんですよ！」

息を切らせながらどうにか言い切った彼の言葉を待たず、茜は走り出した。

「えっ、ええ!?　ま、待ってくださいよ茜さ〜ん！」

「まあ待て晶。お前の事もある。我々はゆっくり行こう」

走り出した茜を追おうと晶も走ろうとするが、咲夜が肩を掴み止める。

「海翔！」

茜が着いた場所には大きな門と、その門を後ろに立つ、黒髪の少年。服はボロボロになり、身体も傷や汚れまみれだが、彼の瞳と、その手に持つ魔剣だけは輝きを失ってはいなかった。

海翔の迎えに来ていたらしいルクセリアの姫君や宮廷魔導師長らが居る前で茜は海翔に駆け寄り、抱き付いた。

「わっ！　あ、茜!?」

突然抱きついて来た幼馴染《なじ》みに海翔は困惑する。

「う、うっさい！　す、少し黙ってなさいよ！」

彼女らにとって五日。たった五日だったが、時の迷宮に居た海翔にとっては一月《ひとつき》にも当たる時を、魔物《モンスター》の巣窟《そうくつ》に居たのだ。

一月もの間、戦いの日々に置かれていた彼を茜が心配しない筈《はず》もなかった。

死にはしないと信じてはいたものの、大きな怪我をしてないか、苦しんでないかと、茜はずっと心配してた。

たった五日間の別れだったが、彼が五体満足で帰還したことを茜は心から喜んだのだ。

「……」

一月振りに幼馴染みを身近に感じた彼は、この世界に来て、久しぶりの笑みを浮かべるのだった。

十七話　グラード荒野の戦い【一】

グラード荒野。

ルクセリアから西へ遠く離れた所に広がるこの広大な平原は、岩と砂の荒野と化している。

「うわ……凄《すご》い……何なのよ、この数は」

馬車から降りた茜《あかね》が辺りを見回す。

茜が見たのは、総勢十万を越す巨大な軍団だった。

「うわぁ……皆さん強そうですね」

続いて馬車から降りた晶《あきら》も、視界の端から端に広がる戦士たちの姿に驚く。

「荒野か。足場の悪い砂原でないことを良かったと思うべきか。が、視界が悪い」

身の丈を越える長刀を背負う少女、咲夜《さくや》が降り立った地の環境にため息をついた。

彼女の言う通り太陽も雲に隠れ暗く、風が強く砂が舞っていた。

軍団の端が、微《かす》かにしか見えないくらいに、視界が悪い。

「ここに……奴らが、来る」

最後に降りた少年は、倒すべき敵が来るであろう方向に視線を飛ばし、呟《つぶや》いた。

この世界レインブルクに召喚された当代の勇者たちである。

彼らは皆、白を基調にした装束を身に纏《まと》っていた。

唯一、天城海翔《あまぎかいと》のみ白いマフラーを首に巻いている。

「お待ちしておりました」

彼らに声を掛けたのは、赤のバトルドレスの上に白鉄という鋼で作られた軽装の鎧《よろい》を着込んだ美しい金糸の髪を持つ美女。

ルクセリアの王女、イリス・クラウデ・ロ・ア・ルクセリアだ。

彼女は数万の軍団を率い、先行していたのだ。

「凄い数の兵隊さんですね……ルクセリアにこんなに兵隊さんがいるとは思いませんでした」

少女のような少年、晶が呟いた疑問に美姫《びき》は笑う。

「え？　……ぼ、僕何かおかしなこと言いました？」

「見てみろよ。……あっちの兵は鎧も違うし、何より掲げている旗が違う。外国の兵隊だよ」

晶の問いに、海翔が答える。

鎧を着込んだ兵団を幾つか見ると、その鎧にも差があり、掲げる旗がそれぞれの国のものとなっている。

「海翔様の言う通り、我が国の兵たちだけではありません。大国ではバランシェル帝国、リーゼリオン皇国の兵団を始め、自由都市ガラリエの闘技団なども駆け付けてくれたのです」

「バランシェル？　リーゼリオンってのは前の勇者を呼んだ国だってのは聞いてるけど、バランシェルって言うのはどういう国なんです？」

「バランシェルと言うのは――――」

「俺様の国が、なんだって？」

美姫の言葉を遮り、突然現れた男が答えた。

燃えるような赤髪に浅黒い肌の大柄な男は、下半身のみ黒の甲冑《かっちゅう》を纏い、上半身には衣服を纏わず、装備は籠手《こて》だけという軽装とも呼べぬ奇妙な格好をしていた。鍛え上げられた筋肉こそが鎧、とでも言いたげだ。

「は？　……なによアン――――」

「やめろ茜。……多分、この人はバランシェルの偉い人だ」

突然話に割って入って来た男に苛立《いらだ》ちを露《あらわ》にする茜だったが、海翔がそれをまた遮る。

「少し違うが、まあ良いか。俺様の名はイーブサル・ドラ・グレゴリア・バランシェル。まだ皇太子だが……んま、最終的に俺が皇帝になる」

皇太子を名乗る不遜《ふそん》な男は腕組みをした。

男は良く整った顔をしているものの、その目が人をなめ回すような下卑たものなせいか、人に不快感を与えた。

「……ふむ、中々美人揃《ぞろ》いだな。良し、決めた。テメェら、俺の元に降《くだ》れ。俺が全《すべ》てを与えてやる」

茜の頬《ほお》に手を添えたイーブサル。それの手を茜が弾《はじ》く。

「ざけんじゃないわよ、この変態！」

「俺様が、変態!? ……ウハハハハ！ イイゼ、イイゼお前、気に入った。お前ら女たちは後宮に入れてやってもいい。……どうだ？」

変態、と呼ばれたことがツボに嵌《は》まったのか笑うイーブサル。

茜だけでなく、咲夜や晶にまで声を掛ける。

「？ 晶は男だぞ？」

海翔が言うと、イーブサルは晶の纏う白のローブをたくしあげ、ズボンを下着ごと、降ろした。

「ふぇっ!?」

一瞬何が起こったかわからなくなった晶が声を上げる。

「お、本当に付いてら。けどま、安心しな。俺は美人なら男もイケる派だからよ。……可愛《かわい》がってやるぜ？」

「ふえええぇぇっ!?」

そして耳元で囁《ささや》く変態に対し叫び声を上げた。

「何すんのよ変態ー!?」

晶の下半身を覗《のぞ》き見ていたイーブサルに茜が渾身《こんしん》の蹴《け》りを放つも、イーブサルは籠手を付けた左腕で軽く防いでみせた。

「お？　……やるな、お前。本気で欲しくなってき――」

防いだものの、その強力な蹴りを受け茜の実力を垣間見たイーブサルは不敵に笑いながら手を伸ばし、

「やめぬか、イーブサル！」

凛《りん》とした美声に、止められる。

「相変わらず美人じゃねぇか。どうだ？　俺の女にならないか？　お前だったら妃《きさき》にしてやるぜ？」

笑みを更に鋭いものにしたイーブサルの視線の先には、日に照らされ煌《きら》めく銀の髪をした、絶世の美女。

「貴様のような男の元には嫁がん。婿としても要らんよ」

「言ってくれるじゃねぇか、シルヴィア」

イーブサルが言うも、シルヴィアと呼ばれた銀の髪の女は彼を無視し、イリスや海翔たちの前に立つ。

「ルクセリアの姫よ、久方振りだな」

シルヴィアが言うと、ルクセリアの美姫も頷《うなず》き、

「はい、陛下。二年ぶり、でございます」

と答える。にこやかに語りかけ、答えた二人だが目だけは、二人とも笑ってはいなかった。

「君たちが当代の勇者たちか？」

シルヴィアが視線を逸《そ》らし海翔たちに問う。

「え……あ、はい。……貴女《あなた》は？」

海翔は彼女が当代という部分を強調したのに気づいた。

「そうか……私はシルヴィア。シルヴィア・ロート・シェリオット・リーゼリオン。かつて先代の勇者と共に戦場を駆けた元第二皇女だよ」

彼女、シルヴィアはそう言って、微かに微笑《ほほえ》んだ。

「……先代の……勇者」

「ああ。……訳あって名は教えられぬが、私は彼と共に剣を振った」

海翔が呟いた言葉に、シルヴィアは頷いて答えた。

「故に言わせて貰《もら》おう……君たちは戦うな」

「……な、ん……」

シルヴィアから突然放たれた言葉に、海翔だけでなく、茜も、咲夜も、晶も、息を飲んだ。

「魔王が存在しない世界で、勇者など要らぬ。……今我々の国で送還の魔法を研究していて、基礎

理論までは完成した。無事に元の世界へ帰りたいのならば、戦わず座して待つのだ」

そう言って踵《きびす》を返したシルヴィア。誰もが唖然《あぜん》となった時、海翔が一歩前に出た。

「……魔王が居ないって……どういうこと、なんですか？……戦うなって――」

振り絞るように出した声は、震えていた。

「……それを教えて、なんとする？」

挑発するような物言いに、海翔はカッとなって叫んだ。

「倒すんだ！　僕が魔王を、この手で!!」

「……君では無理だ」

「――え？」

叫ぶ海翔の言葉に、間を開けず答えたシルヴィアの目は、呆《あき》れ、だった。

「先代しか魔王は倒せない。そして君では余計に倒せない」

「……ぼ……く、だって！　僕だって強くなったんだ!!　竜言語《ドラゴ・ロア》だって使えるっ……！」

「……そうか。なら精々死なないことだ。君たちは一度死んでしまったらそれで終わりだからな。

……では」

常人であれば目を見開いて驚くであろう事実を、彼女はさもつまらなさげに答え、そのまま場を去って行く。

「ふん……聖剣が有る無し以前の問題だ。復讐《ふくしゅう》に囚《とら》われた者で、負の感情の総念たる魔王を倒せる道理など無いではないか……！」

去り際に吐き捨てるように放った彼女の言葉は、風に紛れて誰の耳にも届きはしなかった。

十八話　グラード荒野の戦い【二】

「ルクセリアめ、やってくれたな……」

シラウオのような白くか細い指を持つ手が、グラード荒野の戦略地図を置いたデスクに音を立てて叩《たた》きつけられる。

グラード荒野にて建てられたリーゼリオン皇国の天幕内で、シルヴィアは天幕に戻るや直臣たる青年騎士の前で、激しい怒りを見せていた。

「竜脈の上に建っているからといって、して良いことと悪いことがある……！」

またしてもシルヴィアは手を叩きつけた。

「陛下、御自愛ください。そう何度も叩かれては手が痛みましょう」

そんな彼女に、藍《あい》色の鎧《よろい》を纏《まと》った青年が進言する。

金髪を後ろで一つに纏めた蒼《そう》眼《がん》の彼は絶世の、と形容されるシルヴィアの傍らであっても見劣りしない、美しく整った顔をしている。

「こうでもしなければやりきれんっ。……貴様も彼らを見たのだ、わかるだろう？　……奴らは、魔力が高いだけの一般人を、勇者へ仕立て上げたのだぞ!?」

彼女の悲痛な叫びに、青年騎士は答えられなかった。

彼女の傍らにあり続ける近衛《このえ》師団の長である彼は、つい先ほどの当代の勇者たちとの邂逅《かいこう》の場にも、居た。

押し黙る己の騎士に、シルヴィアはすまないと心中で謝った。

「魔王は封印されている。それに六刃将らでは姉上が命を掛けて施した封印を解くことはできない。残党狩りは、この世界の我々が成すべきことなのだ！

それを、よりにもよってっ……いや、起こったことをとやかく言っても、始まらんな」

シルヴィアは手を叩きつけたくなる衝動を抑え、臣下を見た。

「……姉上が命を賭して、勇《ゆう》がその魂を世界に捧《ささ》げてまでも築き上げた今の世を脅かすわけにはいかない……」

騎士は膝《ひざ》をつき、言葉を待った。

「レオンハルト、私の剣を持て。……此度《こたび》の戦、彼らを……勇と同じにっぽん人たちを戦わせぬためにも、勝つぞ……！」

シルヴィアがボロボロになった赤いマントを羽織る。

「はっ……！」

かつて勇者と聖女と共に世界を救った二人の騎士。

片方を、姫騎士シルヴィア。もう片方を蒼《あお》騎士レオンハルト。

二騎の英雄は魔剣を腰に、砂舞う戦場へ向かって行く。

(……勇よ、私はお前に申し訳なく思う。我々の世界は、再び勇者などという強者を呼び、事の安易な解決を図ろうとしている。お前が怒り、嘆き、絶望し、それでも助けたいと思ってくれたこの世界の人間は、お前に対し恩を仇《あだ》で返す所業を行ったのだ。それを止められなかった私も同罪。……せめて、お前の同郷たる者たちをお前が居るであろう世界へ帰したい)

シルヴィアは歩を止め、ふと強風がやんだ空を見上げた。

(……それで許してくれとは願わない。……だが、どうか私を嫌いにならないでいて欲しい。……お前に嫌われてしまうと思うだけで、私の胸は酷《ひど》く痛むのだ)

その一瞬。ほんの一瞬だけ、世界は確かに、無音になった。

彼女の言葉が、ちゃんと届くようにと、世界が願ったように。

(……どうか愛《いと》しき貴方《あなた》に平穏を)

彼と離別する間際に交わした言葉を空に投げ掛けた。

「……待て。あれほどの風がやんだ、だと……?」

先ほどまで強かった風が突然止まったのを見て、事の異常さに気がついた。

「まさか――――!」

◇

「魔王軍だ！　魔王軍が現れたぞー!!」

各国の首脳や傭兵《ようへい》団らの長などを交えた会議を終え、武具の調整や部隊の編成に明け暮れていた軍団に、緊張が走った。

風は激しさを増し、砂嵐と化していたものが突如弾《はじ》けるように消え、砂塵《さじん》に視界が奪われていた彼らの前に、地平線に広がる魔物《モンスター》の軍団が現れる。

距離にして人間側の陣営から約七キロ。

いち早く気づいた各国の物見の兵士たちが、一斉に魔物の数を告げ始めた。

「魔物、数にして約三十万！　上位級の魔物はうち数万！」

「目立つ上位級の照合を急げ！」

バランシェルの老将、ウルガロ伯が物見に叫ぶ。

老いて尚《なお》現役の老将は肌に纏わりつく嫌な感覚を覚えていた。

魔王軍の率いる魔物は、率いる上位の魔物と同じ属性が大半を占める。

こと上位級の魔物はその配下の直轄となるのでその属性を知れば率いる最上位の魔物の属性がわかるのだ。

そして三十万。十万を越す軍団を率いれる者たちは自然と限られてくる。

「風の上位魔物、ストームイーグル。……そ、そして、アイスカイゼルなどの氷結系の魔物を多数かく……い、いえ……魔王軍の将を確認しました！　デカイ……あれは侯爵《マーキス》級のドラ――あ、いや、あれは……公爵《デューク》級!?」

物見の報告にウルガロ伯は呻《うめ》いた。

「氷と雷の公爵《デューク》級を確認！　それぞれ侯爵《マーキス》級アイスドラゴン、ウィンドドラゴンに騎乗しています！」

「公爵《デューク》つ……！　氷妃『グラキエスタ』、風太子『ウェントス』……六刃将のうち、二柱だと……！」

魔族が誇る頂点の、その二柱の登場に軍の兵たちに動揺が起こった。

◇

「アハハハハッ！　見てよ見てよ！　あいつら慌ててるよー！」

山のような巨躯《きょく》を持つ碧色《へきしょく》の鱗《うろこ》の巨大竜、ウィンドドラゴンの頭部に王のように鎮座する子供は、人間たちの軍を見下ろしてケタケタと笑い転げる。

「……私はあのままで良かったと思うのだがな。むしろお前の力で更に威力を増せば――」

それをウィンドドラゴンに並ぶ巨躯の氷の竜、アイスドラゴンの頭の上に立つ、薄い青色の肌に水色の髪の魔族の女が、子供を見ながら言う。

「ばっかじゃないのグラキエスタ！　そんなの楽しくないじゃーん！」

深い翠《みどり》色の髪を短く整えた髪型の少年は、ケタケタと笑う。

「否定はしない」

「砂嵐なんてやだ。目に入るし髪の毛の中にも入るし何より暑苦しいおっさんとの合体技みたいなんだもん！」

「それは嫌だな。溶けてしまいそうだ」

「アハハハハ！」

魔族の女と子供は揃《そろ》って眼下を見下ろした。

そこには氷系の魔物と、雷系の魔物を主軸にした魔物の混成部隊。

自身の属性以外の魔物など気にも止めない彼女らであったが、それが兵としてなら利用価値は出てくる。

「……さて、さっさと吹き飛ばしちゃおっかな〜」

ウェントスの言葉に女は頷《うなず》く。

「ああ、散らせてやろう。脆弱《ぜいじゃく》なる者共を」

二人は揃って声を上げた。

「「全軍突撃!!」」

三十万の、魔物が解き放たれた。

十九話　グラード荒野の戦い【三】

　人間側の陣では、ルクセリアの王女と、バランシェルの第二皇子、そしてリーゼリオンの皇帝であるシルヴィアが騎乗し、並び立っていた。

「四人の勇者を筆頭に、騎士レオンハルト、我が愚兄とウルガロらも投入したお陰か三倍差をものともせぬ勢い。……ルクセリアギルドの方にも男女二人組の奇妙な風体の傭兵《ようへい》が、彼らに劣らぬ戦果を上げているらしいですね。このままなら、勝利も間違いないでしょう」

　眼鏡《めがね》を掛けた理知的な赤髪の男は、灰色の馬に跨《また》がり王女と、魔法大国の女帝に視線を向ける。

　地を走る珍鳥、純白の羽を持つクルケルに騎乗するシルヴィアは苦笑する。

「レオンハルトはともかく、やはり勇者らは強いな。特にあの少年……天城海翔《あまぎかいと》は時の魔女が開いた『時の迷宮』を踏破し最古の竜《エルダードラゴン》から直に竜言語《ドラゴ・ロア》を会得したとか。……魔力の無かった先代とは違い、膨大な魔力を保有すると聞くが……。その戦果を聞くならば真《まこと》であろうな。そして其方《そなた》の兄も拳帝《ケンテイ》と呼ばれるだけはある。皇太子でありながら戦場を駆けられるとは勇敢だ。……私も戦いたかったがレオンハルト以外の者が止めるのでな……」

　女帝がわざとらしくため息をついたのを見て、ルクセリアの王女はクスリと笑う。

「先代の勇者様と戦場を駆けた姫騎士様ですが、やはり現皇帝陛下を戦場に行かせるわけにもいきませんもの」

和やかなムードで話している国のトップ、またはトップに近しい者たちだが、彼らは心の内で他の二人を最大限に警戒していた。

魔法大国リーゼリオンの現皇帝シルヴィアは、魔王を勇者と共に倒した女帝として、彼女自身の力も、人間のカテゴリーに入れるならば上位に位置する。

ルクセリアの王女イリスは勇者という最強戦力を保有し、病に没した前国王ですら体得に十年を費やした秘術を僅《わず》か数年で会得した才女。勇者を召喚した国ということで、諸国に対する発言権も強めている。

バランシェルの第二皇子であるルーズラシルは破天荒な兄を御す傑物だ。

施政者としては兄を越えるこの弟は、兄を愚と呼びながら兄こそを皇帝と呼ぶ。

敵に回れば一筋縄でいかない者たちの言動に注意しつつ、彼ら彼女らは、戦場に想いを馳《は》せていた。

シルヴィアは忠臣であるレオンハルトや自国の兵、そして先代勇者と同郷であろう四人の少年少女たちの事を考えていた。

ルーズラシルは尊敬しつつも憎まれ口を兄に叩《たた》き、ルクセリアの王女は勇者たちの、次の段階の事を考えていた。

グラード荒野では戦争が起こり、既に数時間が経《た》っていた。

総数約三倍差に当初は尻込みしていた人間側も、最前線で戦う者たちの姿を見て、士気を大きく上げていた。

当代の勇者である天城海翔も、最前線にて多くの敵と切り結んでいた。

◇

「うおおおおぉぉぉぉっっ!!」

ブゥオンッ!

光を束ねたような剣を振るえば、魔物《モンスター》たちは切り裂かれ血飛沫《しぶき》をあげる。

「『ファイア・ボルト』!」

切り損ねた魔物に火炎弾を見舞い、すぐさま次の魔物を切り裂く。

「……やれる。僕は、戦えているっ!」

膨大な魔力を前提とした、常時身体強化魔法を使用しながらの彼の高速戦闘は下位の魔物だけならず、上位の魔物ですら反応できず、魔物の屍《しかばね》を築き続けていた。

『魔装剣』。剣に魔力の刃《やいば》を作り、切れ味やリーチを飛躍的に伸ばすこの技は、先代勇者が編み出したと言われる魔法だ。

本来魔術文字を武器に刻み、周囲の魔力を取り込みつつ発動させるそれを、彼は詠唱で発動させ、己の魔力を投入して切れ味を大きく引き上げていた。

「食らえ――『爆炎剣』！」

そして本来の魔装剣との大きな差異は、彼はその魔力の刃に、属性を付与することができる。

「だあああっ！」

叩き斬《き》るのではなく、相手の急所を浅く切りながら彼は駆ける。

「ふんっ……！」

そして最後の一体を切った時、彼が浅く切りつけていた切り口から炎が上がり、爆発した。

爆破した魔物だけでなく、その爆発に他の魔物も巻き込まれ、一度に多くの魔物が骸《むくろ》となった。

彼の通った道には爆散した魔物が転がる。

赤く光る魔装剣を構え、彼はまた走り出す。

「……僕の、邪魔をっ……」

「――『雷迅剣』！」

炎の剣は、瞬時に色を変えてみせた。

「するなああっ！」

振り抜いた剣が纏《まと》うは稲妻。

紫電が纏う剣は堅き守りを持つ敵を切り裂き、両断する。

全身が氷の巨大熊の魔物が、音を立てて崩れる。

「この程度で……僕を止められると思うな！」

雑魚《ざこ》などに興味はないと、彼は巨躯《きょく》の竜にて待つ公爵級《デューク》を目標に定めていた。

「では、私が止めてみせましょう！」

「!?」

声が返された次の瞬間に、数えるのも億劫《おっくう》になるほどの衝撃波が海翔を襲う。

「『竜鱗《ドラゴンスケイル》』っ！」

瞬時に発動したのは竜言語《ドラゴ・ロア》が誇る防御魔法。

鱗《うろこ》状に展開した障壁が、衝撃を受け止める！

「ふぅむ、この私の攻撃を耐えてみせますか」

衝撃がやむと、一つの人影が海翔の前に降り立った。

「何だ……お前は！」

海翔が叫ぶと、その男はニヤリと笑う。

「私、伯爵級《カウント》の魔族でして、『拳風のディラメス』と申します」

二メートルは越えようかという大きな体を持つその男は、青白い肌に四つの腕を持っていた。

「……っ！」

「ふふ、名乗った相手に名乗り返さぬとはマナー違反な勇者ですなぁ！」

「!?」

魔剣を振り抜いた海翔の一撃を、ディラメスは同じく一撃で相殺してみせた。

「……ふふ、ですが先代ほどの外道でもなし。彼は名乗り切る前に攻撃してくる野蛮人でした――ガッ!?」

巨体に似合わぬ紳士のような態度のディラメスの言葉を、突然彼を襲った爆炎が遮る。

「彼の言う通り……奴らの道理に応えてやる道理もまた無い。それに、奴らのプライドなどに付き合っていては時間が惜しいですしね」

「アンタは……」

海翔が振り向くとヒヨコをでかくしたような黒い鳥に跨《また》がる、藍《あい》色の騎士甲冑《かっちゅう》を纏った青年の姿があった。

「レオンハルト・クラシオンと申します。お見知りおきを」

手綱を片手で、もう片手には長剣を持った彼は同性ながら見惚《と》れるような笑みを見せ、答える。

「……彼に切られたと思っていたのだったのだがな、貴様の腕は!」

「貴様はレオンハルト……よくも決闘の邪魔をっ！」

「貴様が決闘を仕掛ける前に攻撃した。それよりもその腕はなんだ？　生えたのか？」

「再生しただけですっ！　――……かつての勇者への恨み、貴様に返しましょうか!?」

「それは厄介だな――当代の、もう一度竜言語《ドラゴ・ロア》です！」

「うわっ!?　な、何するんだよ！」

四つの拳を振り上げたディラメスを見て、近くに居た海翔を鳥に咥《くわ》えさせ、レオンハルトは突撃する。

「『魔将千烈拳』!!」

「今です!」

「盾代わりかよ! くそっ、『竜鱗《ドラゴンスケイル》』!!」

ディラメスが怒りの形相で放った無数の拳撃を、折り重なった障壁が食い止める!

「疾《シ》ッ――――!」

「っ!?」

攻撃の隙《すき》に放たれた長剣による突きが、ディラメスの心臓を貫いた。

「ぐっ……貴様も、勇者も……忌々し――――」

「これは土産だ、取っておくといい!」

傷を癒すため消えようとしたディラメスに追い打ちとばかりにレオンハルトが振った剣は、ディラメスの四つの腕を切り落とした。

ボトッ、と腕が落ちた時には、ディラメスの姿はなくなっていた。

「ふぅ。……奴らは基本的に死にません。が、傷を癒すために撤退はします。……どうせ殺し切れないなら、傷を癒す時間を増やしてやると良いでしょう。公爵級《デューク》の中でも一部の者しか完全な不死性は持っていないですからほぼ全員に有効です」

「奴ら、倒せないのか!?　……じゃなくて、離せよ！」

「倒し方はありますが、少々特殊でね。……離しても構いませんが、君は単騎で突出しすぎです。連携というものを知りましょう」

海翔を咥えながら珍鳥を走らせるレオンハルト。

「僕が今の奴に負けるって……そう言いたいのかよ！」

「いえ、思いませんよ。伯爵級《カウント》の中でも奴は優秀な方ですが、私などでも知恵と勇気で今のように倒せます。けれどやはり、奴らに合わせていては時間が惜しいのです。故に周囲の仲間と共に最速で倒し、最上の結果を出すのです」

レオンハルトが鳥の首辺りを軽く撫《な》でると、鳥が海翔を上に放《ほう》り投げた。

「うわっ!?」

「あの程度に時間を掛ければ、掛けるだけ兵に損出が出ます。……それだけはなんとかせねばならない」

ドスッ、と鳥の上に落ちた海翔を肩越しに見てレオンハルトは言う。

「大局を見ろ。……かつて勇者が、その師から言われた言葉です。君も勇者なら、多くの兵を……いや、民を救ってくれ」

レオンハルトの真剣な眼差《まなざ》しと、その言葉に、海翔は無言で頷《うなず》いた。

「……ふふ。……では行きましょう。安心して良いですよ、クルケルは人の肩車よりは酔わないし、速い」

「いや、別に肩車で酔いは……」

「肩車を舐《な》めてはいけないっ！　……死にますよ……？」

「いや、死なないだろ……」

鳥……クルケルに乗り、二人は敵陣に突撃する。

「ヴァイス、急げますか？」

『どちらだ』

「し、しゃべった!?」

レオンハルトにヴァイスと呼ばれたクルケルは無駄にダンディな声で答えた。

「なんで黒いのに白《ヴァイス》？」

「知人が名づけてくれたんですよ」

見れば右の目に大きな切り傷があり、これまた無駄に風格がある。

「グラキエスタ相手ならば、勝機がある」

『よし、ならば……いや、そうもいかなくなったようだぞ、友よ』

ヴァイスと呼ばれたクルケルがそう言うと、海翔とレオンハルトに、突風が襲いかかった。

「しまった！　先に目を付けられていたか！」

「この風……魔力を内包してる!?」

海翔は弾《はじ》かれたように黒のクルケルから飛び上がり、魔力の刃を振り抜いた。

「……アハハハッ！　グラキエスタは運がないね！　アタリを引いたのは僕みたいだよ！」

「お前……！」

光の剣が魔族の子供の眼前で止められる。まるで幾重にも重なった層に阻まれたように、魔力の刃が進まない。

「君がアグニエラの言ってた新しい勇者だろ？　アハハハッ！　安心しなよ、僕は焼き殺したり、氷漬けなんて酷《ひど》い真似《まね》はしないよ。……切り刻んであげるよ！」

風を纏った魔族が、狂喜を顔に張り付けて、現れた。

◇

「凄《すご》い威力……これが、公爵級《デューク》！」

杖《つえ》を掲げた少年は、襲い来る猛吹雪《ふぶき》を巨大な障壁で防いでいた。

「はぁ……っ、なんなのよ、アイツ……。接近戦も強くて、魔法も晶並《あきら》みって……！　海翔を追わなきゃいけないのにっ！」

ドームのように展開される障壁の中、頬《ほお》や腕に切り傷を作り、服も所々破れてしまっている茜《あかね》が、憎々しげにグラキエスタを睨《にら》み付ける。

「いや、未《ま》だ全力ならず……と考えておく方が妥当だろう」

破れた着物を捨て去った咲夜《さくや》。黒のノースリーブのタートルネックに袴《はかま》という姿の咲夜は、怪我をしていないものの肩で息をしていた。

「多分、咲夜さんの言う通りかと。この技は、多分僕らの魔力を削るためのものですよ……」

晶が上空に漂う氷結の魔物を見ながら答える。

「……せめて、地面に叩き落とせれば一撃くらい……っ」

悔しげに茜が呟《つぶや》くのと、赤い髪の大男が上空からグラキエスタを地面に叩き落としたのは、ほぼ同時だった。

「はっ!?」

それとともに三人を中心に起こっていた猛吹雪は消え、グラキエスタは砂煙を衝撃波で吹き飛ばす。

「脆弱《ぜいじゃく》なる者が……この私に土を付けたな……?」

茜たちですら一瞬踏み留《とど》まるほどの殺気を受けながら轟音《ごうおん》を立てて着地した皇太子は、不敵に笑う。

「その程度じゃ甘いぜ、公爵級《デューク》。……俺のダチにゃ、その倍くらい恐ろしい殺気を飛ばす奴がいるぜ? ま、メイドにへーこらするヘタレだったりするが、よ」

二十話　グラード荒野の戦い【四】

「ちぃっ……マジで強いな、テメェ！」

「ふん……」

赤髪の皇太子が放った気弾を、閉じた氷の扇で逸《そ》らした氷の公爵級《デューク》は、扇を開き、それで扇《あお》いだ。

「!!」

咄嗟《とっさ》に上空に飛んだ皇太子。彼が数瞬前まで立っていた場所は、氷河に包まれた。

「インパクトっ!!」

茜《あかね》が拳に集束した魔力を撃ち放つ。迫る魔力の砲弾に、グラキエスタは片手を向けることで応えた。

「『氷鏡華《ひょうきょうか》』」

グラキエスタの前面に、氷で作られた華が現れる。

氷の華は魔力の砲弾の一撃を受け、砕け散った。

「凄《すさ》まじいな……だが！」

砕けた氷片を掻《か》い潜《くぐ》りグラキエスタの懐に潜り込んだ咲夜《さくや》は、鞘《さや》に収めていた刀を目にも留まらぬ速度で抜刀した。

氷の扇で防がれ、咲夜が至近距離から冷気を当てられそうになった時、グラキエスタは炎に包まれた。

「負けられない……海翔《かいと》くんの足手まといには、なりたくない！」

杖《つえ》を掲げ、晶《あきら》は詠唱を始める。

「『爆炎の衝動たる紅蓮《ぐれん》の焔《ほのお》、空を焦がせ、大地を焼き尽くせ、其《そ》は灼熱《しゃくねつ》の業火なり』」

「！」

「させっかよ！」

晶の詠唱を危険視したグラキエスタが扇を構えるのと、バランシェルの皇太子が炎を纏《まと》った拳をグラキエスタの腹部に叩《たた》きつけたのは、同時だった。

「『エクスプロージョン』!!」

皇太子の一撃を受け吹き飛ばされたグラキエスタに、灼熱が集い、次の瞬間には広範囲に渡る大爆発を起こした。

上級魔法エクスプロージョン。晶の唱えた名の通り強力な爆発は、周囲の魔物《モンスター》を巻き込みつつ、戦場に爆音を轟《とどろ》かせた。

「ナイス晶！」

魔法を発動し終えた晶に茜が駆け寄る。が、それよりも先に赤髪の大柄の男が近づき、

「本気で惚《ほ》れたぜ。……お前、俺のモンな？」

「ふえぇえっ!?」

晶の耳元で甘く囁《ささや》いた。

「こんの変態が！」

「んだよ、焼きもちか？」

茜の本気の蹴《け》りを片手で防いだイーブサルがニヤニヤと笑う。

「誰がアンタなんかに――」

「落ち着かないか、茜。……大金星だな、晶。それにしてもあれが六刃将か……強かった」

全員がボロボロになりながらなんとか倒せた六刃将の一柱。

巻き上がる黒煙を眺めて咲夜は大きくため息をついた。

「さーって、次はもう一体――」

赤髪の大男は視線を黒煙から外そうとして、外せなくなった。

「……うそ、でしょ？」

「そんな……っ」

茜と晶がそれを見て、呻《うめ》く。

「……よもや、無傷とはな」

黒煙から現れたのは、氷の扇を片手にゆっくりとした歩調で歩く魔族、グラキエスタの姿。

「脆弱《ぜいじゃく》なる者たちよ、よくやった。……が、一歩及ばずだな」

無表情だったグラキエスタの顔に、愉悦が生まれる。

「……それに、もう一つ残念な報《しら》せなようだ」

グラキエスタは北西……人間側の陣がある方角を見た。

◇

「地震!?」

レオンハルトがクルケルに乗りながら、突然の大きな揺れに叫ぶ。

「ちっ、間にあっちまったか。あーあ、メンドクサイなー」

空中で大鎌を肩に担いだ魔族の子が、不満げに呟《つぶや》いた。

それを聞き、揺れに足を取られ膝《ひざ》をつきながらも海翔は叫ぶ。

「くそっ、お前らの仕業なのか!」

「んー……まあそんな感じ」

煮え切らないウェントスの言葉に、レオンハルトは思い出す。

六刃将には、岩や土を得物とする奴がいた。

「マズい……殿下!!」

◇

揺れが収まると、地中の中から山のように巨大な何かが現れた。

「何だ、アレは！」

バランシェルの第二皇子が叫び、それに呼応するように咆哮《ほうこう》が辺りを包む。

「この咆哮……アースドラゴン！　つまりは、奴か！」

白のクルケルを走らせ、シルヴィアは呻く。

「まさか地中から本陣に強襲を仕掛けに来るとはな……っ」

シルヴィアの言葉の通り地中から本陣近くに現れ、数万の人間を空中高く放り上げたのは、侯爵《マーキス》級のアースドラゴン。

「退《ひ》けっ！　六刃将が来るぞっ！　退けぇぇぇっっ!!」

混乱の極みに入る兵士たちに、クルケルに跨《また》がり戦場を駆けながらシルヴィアが叫ぶ。

そのシルヴィアの視界に、アースドラゴンから飛び降りる人影が映った。

「シュヴァルツ、奴だ！」

『はい！』

優しげな女性の声で答えたクルケルは、シルヴィアが望む方向へと土煙を上げ駆け出した。

ドンッ。

アースドラゴンから飛び降りた人影が地面に降り立ち、砂煙が舞い上がる。

その男は、その砂煙を吹き飛ばして姿を見せた。

「ウハハハハー!! 我輩の名はテラキオ! 六刃将が一角、『岩鎚《がんつい》の戦将』なりぃっ!」

身長は人の常識を外れ三メートルを軽く越え、その身体を覆う筋肉は巨大な鋼の板のように分厚い。

岩のように鍛え上げられた肉体は、魔族には珍しく土気色で、髪の無い頭皮には、二本の小さな角が生えていた。

彼は魔族の中でも異例の、『オーガ』から産まれた魔族なのだ。

テラキオは名乗るや否や腕を地面に突き刺し、自身を越える巨大な岩を掴《つか》み掘り出した。

「ウハハハハハハハハ! これぞ戦場! これぞ戦よ!!」

ブンブンと岩を軽く振るうテラキオ。

人間をまるで卵のように叩き割り、辺りを血の海へと変えて行く。

そのテラキオを、影が包んだ。

「む? これは……!」

それに気づいたテラキオが空を見上げると、空から巨大な何かが降って来た。

ドンッッ!!

テラキオが着地した時よりも大きな音と揺れが辺りを襲う。

それは、先ほどまでテラキオが騎乗していたアースドラゴンの、首だった。

アースドラゴンの首と身体が粒子となり消えていく中、テラキオは不敵に笑った。

「よもや我が臣下を一撃とはな。やるなシルヴィア！」

テラキオの視線の先には、クルケルに跨りながら剣を逆手に持ち、まるで弓引くような構えを取っていたシルヴィアの姿があった。

「射抜け、爆熱の矢！『紅蓮の射手《プロミネンス・サジタリウス》』!!」

逆手に持った魔剣に魔力が集い、次いで、光り輝く火炎が宿る。炎を空いた片手で引くように構え、矢を放つように手を離し、炎の矢は閃光《せんこう》となって放たれた。

百の軍を焼き払い山を穿《うが》つ超高熱の一撃はテラキオにぶつかり、そして、炎と爆音を撒《ま》き散らすように、爆《は》ぜた。

「ムンッ！　ウハハハハ！　中々の魔法よ。我輩が硬化を使わんといかんとはな！」

だが、爆煙を薙《な》いで現れたテラキオは全くの無傷だった。

「はなから貴様を討てるなどと高望みはせん……だが時間稼ぎ程度には……！」

クルケルから飛び降りながらシルヴィアは魔剣を構えなおす。

「ウハハハ！　お主では相手にならんよ！」

岩を振り上げたテラキオはシルヴィアの言葉に笑みを浮かべ岩を肩に担ぐ。

「抜かせ！」

振るった魔剣から斬撃が飛び、テラキオはそれを首を少し動かすだけで避ける。

「聖女の加護があればまだ良かったが、無いお主では止めれぬさ！」

避けた体勢のまま、巨岩を振りかぶるテラキオ。丸太のような腕が、力を込められ隆起する。

「くっ……！」

豪速で放たれた岩はシルヴィアを捉《とら》えたかのように見えたが、岩が着弾した場所には、シルヴィアは居なかった。

「ほぅ、あ奴の技か！」

「ご名答！」

瞬時に振り返ったテラキオの脳天に、魔剣が突き刺さる。テラキオの背後を、一瞬で取ったのだ。

「『魔装剣』！」

突き刺した魔剣に光が集い、テラキオを両断するほどの長さの剣となる。

「たあああぁぁっ!!」

両手で振り抜き、テラキオを両断したシルヴィア。

が、シルヴィアは勝利の余韻に浸るよりも早く距離を取る。

「見事！　だがやはり届かぬよ!!」

振り向いたシルヴィア、そこには巨大な岩鎚を振り上げたテラキオの姿があった。

「我輩に一撃与えたことを誉れに、逝《い》くがよい!!」

テラキオが愉快に笑いながら振り下ろす岩鎚。

手心を加えた覚えはない。

侮ったわけでもない。

しかし届かぬ境地。シルヴィアは迫る岩鎚に恐怖を抱かず、悔しさを抱いた。

姫騎士と呼ばれても、所詮《しょせん》奴らには届かぬ技。

彼に心で誓っても、平和を成せなかった己の弱さに、悔しく思ったのだ。


「え……？」

シルヴィアに振り下ろされた岩鎚は、彼女を押し潰《つぶ》す直前で、突然、粉々に砕け散った。

「……何奴……！」

岩鎚を打ち砕いたと見られるひしゃげた短槍《たんそう》を拾い上げ、テラキオは睨《にら》む。

「……わ、我は黒き執行者《ダークネスエクセキューショナー》！　我が断罪の刃に、沈め!!」

テラキオが睨んだ先には、目深にフードを被《かぶ》った、黒い外套《がいとう》に身を包んだ男が、いた。

二十一話　グラード荒野の戦い【五】

「くそっ、疾《はや》いっ！」

「しつこいって言ってんだよ、人間!!」

風の鎌と竜の魔剣が切り結ぶ。

身体強化の魔法を掛けた海翔《かいと》と、風を司る魔族のウェントスが、速さで競い合っていた。

「『月氷《げつひょう》』!!」

「ぐうっ、レオ、ン、ハルトおぉぉおっっ!!」

そんな中、彼らの速度に一歩劣りながらも、蒼天《そうてん》騎士レオンハルトがウェントスに切り掛かる。

氷の魔力を帯びた一撃は、円月を思わせる回転に乗り放たれる。

身を凍てつく氷牙に食《い》らいつかれ、ウェントスが怒りの形相をレオンハルトに向ける。

「『竜爪《りゅうそう》・ドラゴンクロウ』!!」

火竜が放つ炎と同等の熱量を誇る炎の斬撃。

切り口から広がった凍結に動きを遅くしたウェントスに爪《つめ》のような三つの傷跡が刻まれる。

「ぐっ、があああぁっ!!」

致死量を越える攻撃を食らい、流石《さすが》の爵位持ちの頂点ですら、苦悶《くもん》の咆哮《ほうこう》を上げる。

「くっ……だが、所詮《しょせん》時間稼ぎ」

レオンハルトはその光景を眺めながら吐き捨てるように呟《つぶや》いた。

みるみるうちに風を取り込み再生する肉体。直撃を与えても、再生してしまうならば、意味がない。

「なら、再生する暇すら、与えなければ良い！」

竜の魔剣を逆手に、まるで杖《つえ》のように構えた。

『―――――――――――――――――――』

（わからない……常人では理解のできない竜の真言、これがかの竜言語《ドラゴ・ロア》か!!）

かつて特定の条件を揃《そろ》え魔力不足を解消した最高峰の魔導師、ノルンが見せた大魔術。

『―――――――――――――――――――』

ギロリ、と海翔の目がウェントスを捉《とら》える。

その身体は、既に再生を終えていた。

「竜言語《ドラゴ・ロア》、だと？　……なんだよ、そんなのがあるなら、先に使えよな！」

鎌鼬《かまいたち》を周囲に撒《ま》き散らしながら風の鎌を振り上げるウェントス。その構えに、レオンハルトは戦《せん》慄《りつ》する。かつての戦いで見た、ウェントスの得意技。

風を集め、それを斬撃と共に放つ奥義。

風は鎌鼬のごとく全《すべ》てを斬《き》り、その鎌鼬が嵐のように渦巻くのだ。

あれを食らえば、一溜《た》まりもなく、終わる。

『我が祖たる氷精グラスディーネ、其《そ》の名において顕現せよ——』

丁度駆けて来た黒のクルケルに飛び乗ったレオンハルトは、魔剣グラセラートを抜き、ウェントスと海翔の前に躍り出た。

「『アイスウォール』ッ!!」

放たれるのは氷の壁。レオンハルトを中心に広がった氷の城壁はウェントスとレオンハルトを隔絶する。

「遅いよっ、『風牙連斬』!!」

鎌に集められていた風が、振り下ろされると同時に放たれた。

鎌を起点に巻き起こった斬撃の嵐は氷の城壁を切り削り、瞬時に崩す。

(私のアイスウォールをこうも簡単に、……ならばっ!)

迫る鎌鼬に、レオンハルトは剣を鞘《さや》に収めた。

「ハッ、諦《あきら》めたのか!?」

レオンハルトが納刀したのを見てウェントスが嘲笑《あざわら》い、そして、驚愕《きょうがく》の表情に変わる。

「……まさ、か……」

「そのまさか、ですよ!」

腰を落として身を捻《ひね》り、柄へと手を伸ばす。

現代日本人が見たならば、『居合い』の構えだとわかる筈《はず》だ。

「彼の奥義、三年も掛かりましたが私も会得したんです」

女性が見たならば卒倒しそうなほど爽《さわ》やかな笑顔を見せたレオンハルト。

刹那《せつな》、剣閃《けんせん》が走る。

「『絶影』……おや、外してしまいました」

「……レオンハルト……貴様ッ」

剣閃に触れた鎌鼬の嵐は霧散し、ウェントスのすぐ足元には、大地を裂いた剣の跡。

居合いにより放たれた高速の斬撃が斬撃波となり、ウェントスのすぐ横を掠《かす》め飛んでいったのだ。

怒るウェントス、それもその筈。今の斬撃波はウェントスから当たりにいかない限り当たらなかったからだ。

手心を加えられたと思ったウェントスは怒りの形相を見せ、彼の回りには風が渦巻く。

「今の私の装備では貴殿方は倒し切れませんからね。……ま、彼には手があるようですが」

レオンハルトが後ろを見れば、そこには詠唱を終えた海翔の姿。

「『竜装ドラゴニックレイジ』ッ!!」

怒りを秘めた瞳が血よりも赤く、煌《きら》めいた。

二十二話　勇者見参

誰しも、人には苦い記憶が存在する。

思い出したくない、そんな思い出が存在する筈《はず》だ。

俺にもあった……三年前、この世界に召喚される以前の俺にも……。

俺はかつて、能力者を使い世界を牛耳ろうとしていた組織と戦うレジスタンス、『黄昏《たそがれ》の剣』の構成メンバーの一人だった。

組織の能力者に命を狙《ねら》われたことで能力に目覚め、『黄昏の剣』に拾われたのだ。

『黄昏の剣』のメンバーとして本格的に組織と戦い始めた頃、奴は現れた。

黒いフード付きの外套《がいとう》を着て、フードを目深に被《かぶ》った黒一色の服の男、『黒き執行者《ダークネスエクセキューショナー》』。

組織の抱える最強の殺戮《さつりく》者と呼ばれた男と戦い、なんとか退けられたものの俺は生死をさ迷うことになる。

無事生還してからは幾度となく戦い続け、最終決戦時に奴の正体が知れた。

奴は、俺と同じ顔をしていた。

奴は俺の生き別れた双子の弟だったのだ。

俺と奴は家族で殺し合いをさせられていたのだ。

だが奴は既に助からなかった。俺と戦い幾度となく引き分けていたせいで力不足と判断され劇薬による強化を図られていたのだ。


薬により奴の……いや、弟の命はもう助からない。


だが弟は自身の能力を兄である俺に継承してそこで息絶えた。

「これで……僕は兄さんと、いつでも……」

そう呟《つぶや》き事切れた彼を腕に抱き俺は誓った。


こんな悲劇を生む組織を、俺は許さない……。

と、いう設定である。

当時ならまだしも、今の俺にとっては酷《ひど》く恥ずかしい思い出だったりする。

自作の黒いコートを羽織り、黒き執行者《ダークネスエクセキューショナー》ごっこ（一人）の最中で異世界に召喚された、だなんて思い出したくもない。

そう、俺にとって黒き執行者《ダークネスエクセキューショナー》とは中二の代名詞、黒歴史の遺産、過去のトラウマなのだ。

なのに婆《ばあ》ちゃんめ……俺が昔話してた設定を完璧《かんぺき》に覚えてやがるとは……っ！

黒き執行者《ダークネスエクセキューショナー》の外套には、袖を始め所々に赤い炎が描かれてる。

設定上、炎を使うからなのだが……いかんせんこの炎がまた痛々しさを倍増させてるきらいがある。

フードも当時格好いいと気に入っていた暗殺者っぽい服装だからだ。

もう、何もかもが俺を精神的に殺しに掛かって来ている。

まさか過去の自分に殺されかけようとは思ってもみなかったよ。

なのに何故《なぜ》こんな物を着てるのかと言うと、六刃将や、先代勇者を利用しようとする奴らに身バレを防ぐためなのだ。

このコートには認識阻害が掛けられていて、相当なことがない限り俺だと気づかないらしい。

だから、

「ウハハハハ！　中々面白い奴が現れたのう！　どれ、お主、我輩と一手死合わんか？」

目の前のテラキオのおっさんは俺に気づいていない。

はっきり言って、俺に外見的な大きい特徴は無い。精々寝癖なんて呼ばれる癖っ毛くらいだ。

それもフードを被っているせいでバレない。

故に聖剣持ってバカみたいな力を発揮しなければ他人に気づかれることはないのだが……。

チラッ、

「……」

この、俺を見て目に涙を溜《た》めて今にも泣き出しそうな皇女様はアレだよね、確実に気づいてるよね？

「……な、何故……お前が……」

やっぱ気づいてるよ。

「……お姫様のピンチに駆けつけるのが勇者だろ？」

シルヴィアに向き直りフードを少し上げ顔を見せる。少し気恥ずかしい。

「っ！……勇《ゆう》っ……！」

すると、彼女の美しい瞳から、涙が零《こぼ》れる。

あー、泣き始めちゃった……なんというか……気まずい。

にしても、凄《すご》い美人になったたな。

いや、前から綺麗《きれい》だったんだが、なんというか、大人の色気？　そんな感じの美人になった。

……こりゃ、俄然《がぜん》やる気が出て来たぜ!!

「岩鎚《がんつい》の戦将、テラキオ……」

腰に下げた二振りの魔剣を抜く。

聖剣を使えば身バレするから、聖剣の代わりの武器を爺《じい》さんに打って貰《もら》ったのだ。素材は有り余ったバジリスクの素材だ。

「叩《たた》き斬《き》る！」

痛々しい外套をなびかせ、黒き執行者《ダークネスエクセキューショナー》＝俺は走り出す。

どうも皆さん。貴方《あなた》の心の傷《ちゅうに》を疼《うず》かせる、
炎の使徒《フレイムエンチャンター》、
剣の死神《ソードオブサクリファイス》、
黒き執行者《ダークネスエクセキューショナー》の、社《やしろ》勇でございます!!

常時下降するテンションを無理矢理上げて、登場だぜ!!

◇

「ちくしょうがっ!!」

「ぬぅっ、熾烈《しれつ》なり!!」

翡翠《ひすい》色と藍《あい》色の水晶を長剣にしたような双剣での哀しみの連撃。

テラキオは一撃は重いものの、全体的に鈍重だ。

攻撃と防御にステータス振りし過ぎたせいだろう、当たらなければどうということはない。

故に、攻撃させない。

奴が攻撃のモーションをした瞬間に急所への攻撃を仕掛け、攻撃から防御へとシフトさせる。

(岩鎚の柄で防いでるうちに詠唱を完成させてくれれば――)

「ウハハハハ！　見事。見事の一言に尽きる！　が、所詮《しょせん》速さだけよ!!」

(……バレたか！)

ギィンッ！

振り下ろした剣がテラキオにぶつかると、まるで鋼を切ったかのように弾《はじ》かれた。

……が、聖剣無しでも鋼を切れる俺が弾かれたわけだから鋼よりも硬いというわけだ。

「硬化か……ッ」

まさに岩の如《ごと》し。この状態になると、素の剣での攻撃は無意味となる。切断よりも打撃や魔法の攻撃が有効になるのだが、俺は魔力が無いせいで、殆《ほとん》どの攻勢魔法は使用できない。

となると、打撃に行き着くわけだが……。

「ウハハハハ！　流石《さすが》に切れまい！　この状態の我輩を叩き斬ったのは、唯一先代の勇者のみなのだ！　ウハハハハハハハハ!!」

余程の自信があるのだろう。テラキオはサイドチェストを見せつけながら暑苦しく笑う。つかポージングをやめろ！

切ったのは俺だけ、か。……はは、悪いなテラキオ、今の俺は剣の死神《ソードオブサクリファイス》！！

昔考えてた設定じゃあな、何でも斬るんだよ！　今日からその肩書きは捨てて貰うぜ！

「双晶剣『クリスタルヴェノム』には、二つの形態が存在する……」

くけけけ、もうヤケだヤケ。どうせこうなることもお見通しなんだろうよ。なら、とことんまで婆ちゃんの玩具《おもちゃ》になったるぜコンチクショー！！

「攻撃速度を重視した、双剣。……そして、一撃を重視した連なる刃《やいば》！」

二色の双剣の柄頭《つかがしら》を合わせ捻《ひね》るとガチッ、と音がなり、噛《か》み合い一つの武器となる。すると、左右異色の両剣が血を吸ったように赤く、染め上がる。

「これだけは、絶対に使わないと決めていたのだがな……割りと切実に。……蛇連双剣『真紅の刃《カルブンクルス》』ッ！！」

ルビーのように赤く染まった水晶剣。その鍔《つば》に埋め込まれた二つの金色の宝玉が、まるでバジリスクのように相手を睨《にら》む。

「互いに合わさった蛇剣は、刃を研ぎ澄まし、万物を両断する――――」

……と言ったものの、今回この剣はテストとして渡された物なのでどれだけの力があるのかはわからない。

連結させたのも今回が初めてなので、ブンブンと音を鳴らしながら振り心地を試してみるが数回振ってわかる。流石爺さん、見事な腕だ。

――にしても、両剣って……格好いいよなぁ……。

はっ!?

お、俺は今何を……ぐ、俺の中の何かが騒ぎ出して来やがった……!!

「な、長くは持たん……仕掛けるぞ、黒き妖精《ダークネスフェアリオン》！」

「うん！」

このままでは、望まず記憶《メモリー》が蘇《よみがえ》り、かつての俺となってしまう……その前に、俺が狂気の虜《とりこ》となる前に奴を打ち倒す!!

と心の中の言動まで中二になりつつも、背中に背負っていたリリルリーに声を掛ける。

「最初は遅く、でもどんどん速くなる！　『スロースターター』！」

俺とお揃《そろ》いの外套を着たリリルリーが手を空に伸ばす。

皮肉にもバカみたいな長い詠唱を、中二的説明とテラキオのおっさんのポージングに助けられた形になったが……まあ良しとしよう。

さて……奴を仕留める準備は整った。

「戦闘、開始だ――」

◇

社勇が走り出すために姿勢を低くしたのと、テラキオが岩鎚を振り上げたのは、ほぼ同時だった。

勇は鈍重と評したけれど、その素早さは一般人にとっては瞬間移動と大差ない。

視界からテラキオが消えた瞬間に岩鎚に叩き潰《つぶ》されるのだ。

それに対して、勇はテラキオから大きく一段下がるほど、鈍い動きで対応していた。

大振りな岩鎚の攻撃を、剣の刃を微妙に逸《そ》らすことで切らずに受け止め、敢《あ》えて打撃で対応する。

何度も打ち付ける度に右腕に痛みが走る。

それもその筈。人一人を苦もなく砕き散らす一撃を片手で受けているのだ。

「ウハハハハ！　万物を両断、とは言ったがどうやら出任せのようだな！」

「……」

それに気づかぬテラキオから笑われても、勇は何も答えなかった。

機会を見極め損ねることをしないために、ただただ、剣戟《けんげき》を繰り返すのだ。

「……ぬ？」

それに奇妙さを感じ取ったテラキオが眉をひそめる。

フードからチラリと覗《のぞ》く双眸《そうぼう》は、テラキオの一挙手一投足を見逃さない、鷹《たか》の目を思わせた。

勇が両剣で受け続け数十秒、彼は受けるのではなく、テラキオの攻撃を避け始めた。

巨大な岩鎚から繰り出される殆どの攻撃を半歩下がり身を逸らすことで避ける勇を見てテラキオは素直に感心した。

「我輩の攻撃を防ぎきる腕力、そして紙一重で避ける技量……お主、強敵だな！」

テラキオの攻撃は食らえば一溜《た》まりもない。

そんな破壊力を持った一撃をあろうことか弾いて見せ、次の瞬間には見切り始めたのだ。

「本気を見せてみよ！　我輩をもっと楽しませぬか!!」

闘争を楽しみ始めたテラキオ。暴風のような猛攻が、勇を襲う。

「……！」

明らかに変わったテラキオの動きを、彼は見逃しはしなかった。

スイスイと攻撃を避けていた彼は、そこでやっと攻勢に転じた。

「……ぐぬ？」

テラキオの視界から、黒の外套を纏《まと》った男が消え失《う》せる。

とんっ、と軽く地面を蹴《け》ったと思ったら、それが幻だったと思うくらい呆気《あっけ》なく消え去ったのだ。

そしてその次の瞬間に、テラキオは吹き飛んだ。

「ぬおぉ!?」

痛みに喚《わめ》いたわけではない。

自身を浮かび上がらせ吹き飛ばすほどの衝撃に驚いたのだ。

そしてその驚愕《きょうがく》は続く。

ドンッ、と音がして今度は空中に向け吹き飛ばされる。

背中に攻撃を受けたのだろう。テラキオは攻撃を受けていながら自分を打ち上げるほどの威力を持つ攻撃に興味を抱く。

そんな彼の要望に応えるためか、打ち上げられたテラキオよりも更に上空に勇が現れる。

「なるほど、ソレか！」

勇は左手に持った三本の短槍《たんそう》を投げ放ち、その短槍は悉《ことごと》くテラキオにぶつかりその身を貫けず、弾くようにテラキオを地面に叩きつけた。

「……ちっ、堅いな」

テラキオの硬化した身体に、どの程度の攻撃を加えればダメージを与えられるかと考えていた勇は舌打ちをした。

短槍を計十一本。バジリスクに対し放ったものより威力を込めた筈の十一本を受けてテラキオは笑いながら立ち上がった。

「ウハハハハ！　見事だが、この程度か!?」

自然落下する勇をテラキオは待ち構える。

「……疾《シ》っ！」

空中で道具袋から短槍を抜き出し、勇は投擲《とうてき》する。

「無駄よ！　我輩とて、そう何度も同じ手は食わぬ！」

「!?」

轟音《ごうおん》を響かせながら着弾した短槍。槍は、テラキオには当たらず地面にぶつかったのだ。

「ウハハハハ！　耐えてみせい！」

空中に飛び上がり、叩き落とすように岩鎚を振り下ろしたテラキオ。

空中で身動きがとれなかったのか、勇は弾かれたボールのように地面に向かって吹き飛ばされた。

「ぬ？……」

だがテラキオは振り抜いた岩鎚を見る。

空中で踏ん張りが利かず威力は落ちただろうが、それでも大地を砕くほどの一撃を見舞った筈だ。

なのに手に持つ岩鎚から伝わる感触に手応えは無く、勇もまた、地面にズサー、と滑りながら降り立った。

四脚立動《しきゃくりつどう》。獣のように四つ脚になっての動き。勇はこの四脚立動を用いたのだ（片手は塞《ふさ》がっていたので実際は三脚だが）。

振り下ろされた岩鎚に三つの脚で降り立ち、自分から弾かれるように飛び、空中で姿勢制御し、降りたのだ。

（岩のハンマーに押し出される形になって随分滑っちまったな……まだ届く距離だ、間に合え!!）

両剣を構え、地面に降り立ったテラキオに向け、勇は疾風のように駆けた。

耳を澄ませてみれば戦場の中、ギンッ、と岩を斬る刃の音が聞こえたことだろう。

「……ぬ？」

それに気づいたテラキオが、両断された。

「……これで、一回」

目に見えぬ程の速度で刃を振り抜いた勇が、テラキオを背後に呟く。

「ぐぬおおぉぉ!?」

今度は想像を絶する痛みにテラキオは呻《うめ》く。ガラガラと音を立てながら崩れるテラキオの身体。

次の瞬間には地面からテラキオが現れる。

「……!!」

テラキオは何も語らなかった。

自分以上の強者と感じたからだ。

硬化した自分の身体に太刀傷を与え、尚且《なお》つ自分を一度殺した相手だ。

侮る理由が、ない。

「ぬおおおおぉぉおっっ!!」

咆哮《ほうこう》と共に繰り広げられるのは暴虐の限りを尽くす猛攻。

その猛攻の悉くを避けきる勇。

(疾《はや》い！　先ほどまでの動きが嘘《うそ》のようだ!!)

鈍重なテラキオよりも遅かった動き。だが今の彼、社勇の動きはテラキオのそれを大きく追い越し、テラキオに反撃も許さず、もう一度テラキオを殺して見せた。

「ぐぬっ!?」

首を切られ、心臓を穿《うが》たれ、その上でバラバラにされ、テラキオはまたしても崩れ落ちた。

「……見事。……このテラキオ、お主には勝てぬな」

地面から突き出るように再度現れたテラキオは岩鎧を持たず、ただ腕組みをしてそう呟いた。長い間《ま》は、人間に負けたことへの、然《しか》れど強者と戦えたことへの葛藤《かっとう》だろう。魔族の頂点としてのプライド、そして武人としての誇り。葛藤した上で、彼は武人としての誇りを胸に、最大限の賛辞を述べた。

勝てない、と。

テラキオと勇が戦闘を始めてから時間にして一分。

テラキオは自分では倒せぬと踏んだのだ。

「……ああ、負ける道理が無かった。悪いが今回は俺の勝ちだ」

両剣を降ろし、攻撃の意思無しと見せた勇に、テラキオはニッと歯を見せて笑った。

「ウハハハハ！　ではまた次回に死合おう！　我輩、お主とは延々と戦っていたい！」

そう言いながら、地中へ去って行くテラキオ。

そして逃げるテラキオを、誰も追わなかった。

「……本当に悪いな、おっさん。今の俺じゃ、この程度だよ」

自分の背中に背負っている少女を一瞥《いちべつ》し、勇は小さく苦笑した。

二十三話　グラード荒野の戦い【六】

テラキオが去り、辺りで見ていた兵士たちが沸き立った。

魔物《モンスター》はまだ居るってのに浮き足立っちまってる。

「ちっ、目立ち過ぎたっ……シルヴィア、収めてくれ」

「あ、ああ。……ドルタニ卿《きょう》！」

シルヴィアが叫ぶと、鎧《よろい》を着込んだ中年の巨漢が軍馬に乗って現れる。俺も知る人物、ドルタニ・マカルトルトン子爵だ。

「はっ。……戦列を乱すなぁぁっっ!!」

「っ!?」

一瞬耳がおかしくなるほどの声量で叫んだドルタニ卿は慌てたように整列する兵を一瞥《いちべつ》してから軍馬から降りて来た。

「お久し振りですな、社殿《やしろ》」

一応姿を隠しているはずなのだが当然のように中の人を当ててくるのはなんぞ?

「お久し振り、ドルさん。なんで俺だってわかったんです？」

「ははっ、そう言われるのも三年振りですなぁ。先ほどの戦い振り、そして殿下の熱い眼差《まなざ》しで気づきましたよ」

気の良いおじさん騎士はにこにこと笑いながら爆弾を投下する。

「なっ!?　……わ、私はそんなっ……」

「あー……それじゃ仕方ないか」

「し、仕方なくなどないっ」

顔を真っ赤にしてるシルヴィアを見て自然と口元がつり上がる。

「な、何を笑っているのだ！」

「いえいえ別に？」

顔を真っ赤に俺を睨《にら》むシルヴィア。それにニヤニヤと笑いながら返すとシルヴィアは悔しそうに拳をつくる。

「くっ！　……それにしても、驚いたぞ勇《ユウ》。一体いつから来ていたのだ?」

「今話題の勇者たちと一緒に召喚された」

「なっ、なんだと!?」

あ、この片足一歩下げて口を開けてるのはホントに驚いてる動作だ。

そしてシルヴィアの身体はわなわなと震え始め、次に口元をヒクヒクと痙攣《けいれん》させながらも無表情になろうと努める。

あ、これはマジでマジ切れ五分前状態の動作だ。

「まぁ落ち着けシルヴィア。んで、異世界スローライフをエンジョイするために異世界一周的な旅でもしようと思ってなんやかんやあって今ここに居るわけよ」

「旅？　……もちろん行き先は我がリーゼリオンなのだろうな？」

切れ長の目が細まり、シルヴィアが腰に佩《は》いている魔剣の柄《つか》を撫《な》で始めた。ついでに不機嫌さMAXな声で俺に聞いてくる。

あ、これはガチでガチ切れ開始状態のシルヴィアさんだ！

……ん？

「大体貴様は何故《なぜ》この世界に来てすぐに私に手紙の一つも出さないのだ！　何？　そんなことやってる余裕はなかった？　当代の勇者が召喚されてからもう一月経《た》つのだがその間、貴様は本当にそんな一日たりとも余裕のない生活を送っていたのか？　貴様が？　どうせ年上で胸部の脂肪が少しばかり大きい女とでも会って垂涎《すいぜん》していたのだろう!?」

俺はシルヴィアの背後でメラメラと燃え上がる炎を垣間見た……こ、こえぇっ！

そしてシルヴィアの言葉の的中率がヤバイ。これが女の勘か……！

「全く、お前は三年前から変わりないようだな。そこだけは嬉《うれ》しく思うぞ」

安心したように笑うシルヴィア。変わりない、か。おかしいな、俺三年で十センチくらい伸びた筈《はず》なんだが……。

「……背丈や姿の話ではないぞ？」

え？　あ、そーなの？

「貴様は察しが良いのか悪いのか明確にしろ」

「んな無茶な」

察しの良し悪しなんて自分でどうにかできんよ。しかし、確かに連絡一つも入れなかったのは酷《ひど》かったかな。婆《ばあ》ちゃん経由で送って貰《もら》えば良かったしな。

「……手紙っつーか……一言も連絡入れなかったのは本当に悪かった。すまん」

「！　……い、いや、もう良いのだ。私も言い過ぎた、すまぬ。お前が来ていたことには驚いたが……その……お前が来て嬉しく思ってな。……少し、錯乱していたようだ」

俺が謝ると顔を真っ赤にしながらそう言うシルヴィア。ふふ、流石《さすが》は元ツンデレ。ツンからデレへの移行が秀逸だ。これでときめかない男はいないだろう。デレ期のシルヴィアさんパネェっス。

顔を真っ赤にしてるシルヴィアを見ていると自然と口元がつり上がる。

くいっ、くいっ。

……いや、口を引っ張られてた。

背中から伸ばされたか細い指が俺の頬《ほお》を摘《つ》まみ、軽く引っ張っていたのだ。

「ひひふひー？」

頬を引っ張られながら背中のリリルリーを見ると、リリルリーはやけに真面目な顔をしていた。

「リリルリー……何を見たんだ？」

「凄《すご》く、凄く強い女性《ヒト》が来る。……勇、負けそうになっちゃってる！」

バジリスクの時のように怯《おび》えていないものの、彼女は俺が負ける未来を見て不安になっていた。

「負けそうになる……つまりはテラキオ並みとくると……」

グラキエスタか。リリルリーを背から降ろす。彼女は俺の言おうとしたことを理解したのか、コクンと頷《うなず》いた。

「シルヴィア、色々聞きたいだろうし、俺も色々説明したいが今は後だ」

「そう、だな。……ではリーゼリオンの天幕に来い。そこで、話そう」

「おう。……んじゃ、こいつ連れて逃げてくれ」

シャッ――――。

双剣を抜く。

今のリリルリーが来ると言うのなら、必ず来る。

「……ま、待て、どういうことだ？　そもそも、そのエルフの少女は――――」

「師匠の、ノルンとしての弟子だ」

「!?」

シルヴィアの大きな碧色《へきしょく》の瞳が、更に大きく見開かれる。

「彼女が……『時の魔女』の？」

シルヴィアが鋭い視線でリリルリーを睨む。

リリルリーがその視線に怯えたように俺の後ろに隠れる。

「おいこら、睨むな。お前美人だから迫力有るんだよ」

そう。多分睨んだつもりはなかったのだろう。が、つり目気味なシルヴィアはその容姿も相まって目を細めて相手を見るだけで睨んでいるように見えてしまうのだ。

俺の言葉に激昂《げっこう》したらしいシルヴィアは顔を真っ赤にする。いや、睨むなって言っただけでキレすぎじゃね？

「び、美人っ!?……」

まあそれはともかく、リリルリーは婆ちゃんの弟子として、その最低条件を満たしていたのだ。

人並み外れた危機への察知、つまりは、第六感《シックスセンス》。

婆ちゃん曰《いわ》く第六感とは未来予知、未来予知とは未来の自分から送られた過去への警鐘。

その第六感に関して、リリルリーは時の魔女である婆ちゃんが太鼓判を押すほどの才を、持っていた。

バジリスクの時は、目覚め始めた自分の能力への困惑と、絶望的な状況への恐怖から脳が耐えきれず失神してしまった。

が、僅《わず》か数日の間で数年分の修行を終えたリリルリーは『時の魔女』……つまり、『時間魔法』の初歩を知った。『見習い時の魔術師』となったリリルリーにとって未来とはすぐ隣にあるように、身近な存在となっていた。

「リリルリーが見た、グラキエスタが来るぞ」

俺が低く言った言葉を噛《か》み締め、シルヴィアは頷いた。

「ドルタニ卿、魔導隊を使う。全軍反転、十分な距離を取り広域魔法の発動準備を取らせろ」

「御意。……殿下は？」

ドルさんの言葉にシルヴィアは高い音の口笛で答えた。

『遅れて申し訳ありません、姫』

シルヴィアの口笛を頼りに来たのか、白い毛並みのクルケルが走り寄ってくる。

「氷の使い手なら、私にも有利だ。……私とレオは精霊の血筋。レオほどでないにしろ、私でも力にはなれる筈《はず》だ」

言うや否や白い毛並みのクルケル、シュヴァルツにシルヴィアが跨《また》がった。

「我が祖はイーフリーデ。……炎精の長だ」

……こ、いっ、つ!!

「ダメに決まってんだろうが！」

俺が怒鳴ると、シルヴィアは驚いたように目を見開き、そして見るからに不機嫌になった。

「……私の魔法を知っているだろう？　グラキエスタ相手ならば、私は十分に戦える！」

「それ以前の問題だバカ！　お前は今、国のトップなんだろうが！　トップの人間が何はっちゃけてんだよ！　そもそも、お前がテラキオと戦ってるのが間違いなんだよ！」

「あの時はそうでもしなければ軍に多くの被害が出ていた！」

「お前が死んでたらもっと酷い状況になっていただろうが！」

「アリシアがいる。血筋が途絶えるわけではないだろう！」

「こんのバカ野郎！」

「私はこれでも女だ！」

「そーいうことを言ってんじゃねーよ！」

俺たちが顔を付き合わせて怒鳴りあっていると、低音の笑い声が聞こえた。

「相変わらず、ですなお二人は。しかし、夫婦のように仲が良いのは構いませんが、今は戦時ですよ」

ドルさんが若干呆《あき》れたように笑っていた。

くそっ、確かにその通りだ。

久し振りに会ったシルヴィアとの会話のせいで、俺こそ浮き足立っていたみたいだぜ。

「ふ、夫婦!?」

「お前はお前で逐一反応すんな！」

些細《ささい》なことでリンゴみたいに顔真っ赤にさせやがって……っ。

「ちっ……。リリルリー、グラキエスタが来る正確な時間はわかるか？」

「凍てつく麗人《グラキエスタ》？　……ううん。そんなヒト、来ないよ？」

「は？」

リリルリーが訳がわからないと言わんばかりに首を傾《かし》げる。いやいや、貴女《あなた》こそ何を言ってるんでせうか、この人は。

「いや、今さっき言ったばっかりじゃねぇか。グラキエスタが来るって……」

「ううん、私はそんなこと言った覚えはないよ？」

おい、なんか急に一本の髪の毛がアンテナのように立った姿を幻視したぞ俺は。

え、何？　この戦場に居て今の俺が苦戦する相手……公爵級《デューク》並みってんならグラキエスタだけだろ？

テラキオは言うに及ばず、見た目中性的なウェントスともう一人の公爵級《デューク》とは裸の付き合いをした時に野郎だと確認し、落ち込んだ。

となると公爵級《デューク》以外の魔族？　理に適《かな》ってはいるが、それはそれでないだろう。

確かに聖剣を用いない時の俺は劣化して大幅に戦力が下がる。

が、それでも公爵級《デューク》相手に負けないくらいには強い。

数で攻められでもしなけりゃ負ける要素が無い。

いや、違う。

違うのだ。

そもそも第一考から間違えている。

誰が最初から戦場に居た三人と言った？

そもそも戦場に居たのはグラキエスタとウェントスの二人。

テラキオのおっさんも、途中から現れたのだ。誰が来ても、おかしくはない！

「っ……一つ聞きたい、リリルリー。……その女の髪は、何色だ？」

「え？」

ちくしょう、最悪だ。折角聖剣無しでおっさんを帰らせることができたのに、意味が無くなった！

「？　……どうしたと言うのだ？　……私の後ろに……っ!?」

シルヴィアが俺の視線に気づき、後ろを振り返る。

そこには、空から降って来た、赤毛の女が居た。

猫のように足で地面に降り、片手に真っ赤に燃える斧槍《ハルバード》を持った、肌の青い、魔族。

炎のように赤いその髪が、降り立った衝撃で持ち上がり、風になびく。

「あんな、バカみたいに赤い髪だったか？」

「うん。……あ、あの人だ」

今気づきましたと言わんばかりの少女。その少女が指差した場所に居たのは、

「テラキオがやられたっつーから来てみれば……なんだこりゃ？　シルヴィア、あんたじゃあないよな？　……つーとなんだ？　そこのちんちくりんな格好の野郎が倒したってのか？　あ？」

みてくれだけは俺好みな、常時絶ギレ状態の魔族。

六刃将、炎を司る戦姫。

「アグニエラ……！」

本来の名前を、尊き炎《フラム》。

六刃将の中でも最強と言える実力を持つ『断罪のアグニエラ』だ。

今の俺じゃ、リリルリーの「時の魔法」による加速を用いても勝てない相手。

それもその筈だ。単純な攻撃力でテラキオのおっさんと並び、速度でアイツを越える。更に物理攻撃は意味を成さず、不死《殺せない》。

六刃将がそれぞれ高い能力を持っていても、徒党を組んでも、彼女だけは殺せない。

勇者《おれ》や魔王と並ぶほどの不死性を持つ、不死鳥《フェニックス》と同じ性質の転生を繰り返すのだ。

そしてその不死性に加え魔族最強クラスの強さ、そして後先考えない脳筋な頭。

殺しても殺しても殺しても殺しても殺しても殺しても殺しても殺しても殺しても殺しても殺しても殺しても殺しても、喜んで炎の斧槍《ハルバード》を振り回す狂人。

相手の汗が焼ける臭いが大好きな変態。

奴にだけは、このままじゃ勝てない。

「……お？」

「え？」

何か、ゴムみたいなもんを引っ張ってちぎれたような音が聞こえた。バチっ……違う。ブツっ……これも違う。

「テメェ……俺を、その名前で呼んだな？」

あ、そーか、ぶちっ……か。

納得納得。だってアグニエラの表情が凄いことになってんだもん。

し、しまったあああああぁっ!!

キレてるあいつに、火に油を注いじゃったぞ!?

アグニエラだけに……なーんつっ（ry《以下略》

「死ねよ、人間」

首もとに熱さを感じ、俺の意識は一度そこで切れた。

二十四話　グラード荒野の戦い【七】

「さて、答えて貰《もら》えるのかしら？」

「はて、何だったか？　聖剣だかの『適合者』……だったか？　んなもんいねぇよ。アイツ以外に勇者なんかありえねぇ」

深く、深く、暗い場所。

人が魔窟《まくつ》と呼ぶ深淵《しんえん》。名を魔界。

視認できるほどの濃厚な魔力が瘴気《しょうき》として噴出する紫色の霧に覆われた地獄。

かつて魔王が座し、その配下が跪《ひざまず》いていた魔城に、それは居た。

川を流れる水のように蒼《あお》く長い髪を持つ女と、燃えたぎる火のように紅《あか》い髪を伸ばした女。

二人とも人の姿でありながら青白い肌に金の瞳をしていた。……魔族だ。

「それを理解しているからこその適合者なのよ？　それに話を逸《そ》らそうとしても、ダメ。……何故《なぜ》勝手に帰還したのか、よ。元々貴女《あなた》は出る予定ではなかったのに、貴女が望むから出してあげたら、すぐに戻って来て……何があったの？」

「気分が乗んなかっただけだ」

「嘘《うそ》を言っても無駄よ？　帰って来てから私がここに呼び出すまで貴女、物凄《ものすご》くご機嫌だったじゃない。何故庇《かば》おうとしているのかわからないけど、貴女がそういう反応を見せるのはただ一人。……彼ね？」

黒一色の椅子《いす》に腰かけている二人は、和気藹々《わきあいあい》といった様子ではなく、寧《むし》ろ今にも殺し合いをしそうな雰囲気を出していた。

「アイツには手を出すな！　俺のモンだ！」

ガタン、と音を立てて立ち上がった深紅の髪の女……アグニエラは周囲を熱で揺らしながら蒼い髪の女を睨《にら》み付けた。

「ああ、やっぱり。彼がこちらの世界にまた召喚されていたのね？」

アグニエラの態度で理解した蒼い髪の女はクスリと笑って足を組み直す。

「ぐっ……アクアディーネ！　テメェ、かま掛けやがったな！」

「掛けられる貴女の方が悪いのよ？」

怒鳴り散らすアグニエラに対し、アクアディーネと呼ばれた女は水のように軽く受け流す。

「そう……彼が、ユウ・ヤシロが来てしまったのね。先代の勇者……いいえ、彼はまだ当代の勇者だったわね」

「アクアディーネ！　ユーヤに手を出したら燃やすぞ!?　アイツを殺《や》んのは俺だ！」

「貴女の彼への愛情は理解したけど、名前くらいちゃんと言ってあげなさいな」

少し呆《あき》れたようにため息をついたアクアディーネは、静かに席を立ち歩き出す。

「っ!!」

「……安心してくれて構わないわ。何も彼にちょっかい出したりしないわよ。……私には私の計画がある。その障害にならないのなら別に勇者の事なんて良いわ。貴女の好きにしなさい」

首もとに炎斧《えんふ》を突きつけられたアクアディーネは涼しげな顔で言い、指で炎斧を退《ど》かしその場を立ち去って行った。

「……好きに、か」

アグニエラは、数日前の、再びの邂逅《かいこう》を思い出す。

◇

「!?」

アグニエラの顎《あご》が上を向く。まるでアッパーを食らったかのように仰《の》け反《ぞ》ったアグニエラ。

強い衝撃を食らい、アグニエラは少しの痛みでありながら、まさに世界がひっくり返った時のような、大きな衝撃を受けた。

「ふう、……咄嗟《とっさ》だったけど復活までの時間稼ぎにはなったか」

アグニエラが爆発させたはずの目の前の男の頭が、無傷だったのだ。いや、それだけじゃない。

「お、……お前！」

吹き飛んだフードの合間から、黒い髪……そして見知った顔が現れる。

驚きと歓喜を感じながら、アグニエラは声を上げる。

「く、……クハハハッ！　最高だぜ！　お前が帰ってきていたなんてなぁっ!!」

炎の斧槍《ハルバード》を振り回し、笑いながら勇《ゆう》に斬《き》りかかったアグニエラ。

神速で放たれるそれを、紙一重で避けながら勇はまた、親指を弾《はじ》くような動作をした。

「二度も効かないぜ？」

素早い動作で斧槍を引き、アグニエラは斧槍の柄で不可視の弾丸を楽々と防ぐ。

「くっ……俺が中学卒業から高校入学、そして再召喚されるまでの間に極めた消ゴム要らず《インビジブル・イレイサー》が効かないとは……っ!!」

「そんな小手先の技で、俺が止まるかよぉぉおっっ!!」

アグニエラがその長い脚で地面を踏みつけると、地面を吹き飛ばし、辺りに炎柱が噴き上がる。

「このっ……！」

ランダムに現れる炎柱から逃げるため距離を取った勇に、炎を纏《まと》ったアグニエラが肉薄する。

「霊化《エレメント》!?　テメェ、マジで殺る気かよ!?」

「当然だろ？　……あたしが何年待ったと思ってんだ？」

咄嗟に水晶剣を抜き、アグニエラの攻撃を防いだ勇が驚きに声を上げる。

皮膚は赤く、髪は炎のように揺らめき、炎を纏った裸体のアグニエラが、二振りの斧槍を巧みに操り、勇に攻撃するチャンスを与えないよう連撃を叩《たた》き込む。

(ちっ……我が儘は言ってられねぇか)

アグニエラの猛攻を防ぎながら、活路を見いだせない勇が、大きく舌打ちをする。

「この三年、お前と殺り合いたくて殺り合いたくてたまらなかったんだ！　……本気を出してくれなきゃ、困るぜ」

二振りの炎斧《えんふ》が一つに交わり、巨大な炎斧となる。

「!?」

「なんで本気を出さねぇのか知らねぇが……本気を出さねぇなら出させるまでさ」

高く跳び上がり、空中で身体を捻《ひね》り、投擲《とうてき》の構えを見せる。

「吹き飛べ、悉《ことごと》く……『ゲヘナ・フレイム』！」

それは全《すべ》てを灰塵とする炎。

たった一撃で国を滅ぼしたこともある一撃が、この荒野に放たれた。

「……やれやれ、やっぱスローライフなんて無理なんかねぇ」

ため息混じりに苦笑した勇が、空に手を掲げる。まるでそこに何かがあるように、まるでそこに何かが来るように、大きく手のひらを広げる。

「我が魂《ソウル・ディザイア》は願う」

辺りを、眩《まばゆ》い極光が包む。

◇

聖ロンバルディア暦一四六年。

聖女再臨《アマテル》の地、グラード荒野。

この年、グラード荒野では後々に続く伝説の始発点と言われている大きな戦いが起こった。

『グラード荒野迎撃戦』

魔王軍混成三十万対ルクセリア王国を盟主とした、大陸最大の軍事国家バランシェル帝国と魔法大国リーゼリオン皇国を始めとする諸国、そして各都市から集めた傭兵《ようへい》らで結成された連合軍十万。

当初こそ爵位持ちを始めとした敵たちに苦戦を強いられていたものの、『勇者カイト』と『蒼天《そうてん》騎士レオンハルト』の二人は共闘し公爵《デューク》級の、風太子ウェントスを見事撃破。

戦局を大きく覆す。

勇者と聖騎士の活躍の裏で、『黒き執行者《ダークネスエクセキューショナー》』と名乗る謎の男の伝説もここで幕を開ける。

二振りの剣を使うことと、全身を黒い服で揃《そろ》えていること以外に外見的特徴は見られず、疾風のような疾《はや》さで戦場を駆け、嵐のように敵を葬る姿を見て、戦場を共にした者たちは皆、

『死を与える黒い風《ストームブリンガー》』

と呼んだ。

彼は勇者と聖騎士がウェントスを倒すのと時を同じくして、彼と同格と知られる岩鎚《がんつい》の戦将テラキオを一人で撃破したと言われている。

またこの戦争には四人目となる六刃将の登場も確認された。

神聖ウルキオラ教団が仇名《あだな》を付けた魔族『断罪のアグニエラ』だ。

しかし彼女は登場してすぐに撤退することになった。撤退、せざるをえなかったのだ。

『断罪のアグニエラ』は、極光と共に現れた白き鎧《よろい》に身を包んだ、先代の勇者に倒されたのだ。

かつて世界を救った英雄。魔王を撃退した最強の剣士。先代の勇者の登場に、アグニエラは彼に挑むも手も足も出ずに撤退していったと言われている。

彼はかつて苦楽を共にしたシルヴィア・ロート・シェリオット・リーゼリオンのために駆け付けたとされているが、その本当の理由は定かではない。

魔王軍の頂点である六刃将を二柱も失った魔王軍は爵位級が息を合わせて撤退し、魔物《モンスター》だけとなった魔王軍は連合軍に殲滅《せんめつ》させられた。

連合軍は三万を越える死傷者、重負傷者を出しながらも、快挙と言われるほどの勝利を手に入れたのだった。

『聖女ティリアールリと黒の勇者、出逢《であ》いの章第七節から一部抜粋』

二十五話　先代勇者の挨拶《あいさつ》回り

聖都『アンジェリーク』。

神聖ウルキオラ教の総本山であり、初代聖女ヴィヴィアンヌ・ミナト・ソラ・アンジェリークが降臨したとされる聖地でもある。

白で統一された建物が立ち並ぶ姿は美しく、中央に建つ白亜の塔は神聖さを醸し出す。

毎年数万を越える信者が来訪する神聖な街だ。

そんな街でも、蠢《うごめ》く悪は存在する。光が強ければ強くなるほど、その闇は強くなるのだ。

白亜の塔『ルティヘル』。神聖ウルキオラ教団が有するその塔の最上階で、教皇がルクセリアに出立し空席となった教皇の座に、肥えた肉体で無駄に偉そうにしている男はその闇の筆頭だ。

脂ぎった顔はいつも愉悦に歪《ゆが》んでおり、信仰心などなく、金に群がる亡者のごとき男がこの教団の枢機卿《カーディナル》だ。

「以上の事が、先のグラード荒野での迎撃戦で起こったことの顛末《てんまつ》です。また、黒き執行者《ダークネスエクセキューショナー》と名乗る男と、先代の勇者は姿を晦《くら》ました模様」

黒の法衣に身を包んだ黒髪の若きシスターが数枚の紙の束を手に、その男に淡々と報告をする。

枢機卿《カーディナル》でありながら教皇の椅子《いす》にふてぶてしく座るその男は手にしたグラスを叩《たた》きつけ、音を立てて立ち上がる。

「先代勇者め……忌々しいっ！　あの小僧はいつもワシの邪魔をする！」

叩きつけたグラスを足で何度も踏みつけた男は呼吸を乱し肩で息をしながらも歩き出す。

「奴が魔王を倒したばかりに、ワシは最上級の女を三人も食い損ねた!!　そしてまた、あのシルヴィアを食える機会が、奴によって！　……っ、許せん、許せんぞ先代勇者!!」

テーブルや椅子に当たり散らしながら枢機卿《カーディナル》は豚のように喚《わめ》く。

男は神に仕える者でありながら性欲に溺《おぼ》れ、権力を振るう。

現教皇を傀儡《かいらい》とし権力を思うがままに振るう男は、自分の求める物は全《すべ》てが手に入ると思い込んでいる愚者だ。

三年前より以前から、リーゼリオンの美姫《びき》と名高い三姉妹を手に入れようと間接的に魔族をけしかけたものの、三年前に先代の勇者である社勇《やしろゆう》が現れそれは失敗した。

今回も、敗退するようならその責任をバランシェルでもなくルクセリアでもなく、リーゼリオンに取らせる算段もついていたのに、またしても勇者、勇者が、勇者が彼の狙《ねら》いを悉《ことごと》く防いでしまう。

そして極めつけは三年前だ。勇が教団の闇を暴き、糾弾したのだ。

今でこそ枢機卿《カーディナル》にまで戻ったが、三年前に男は一度失脚させられていた。

顔を真っ赤にして怒鳴り散らす男を、若きシスターは冷めた目で見ていた。

◇

「はぁ……ちくしょうめ」

『子犬の鳴き声亭』での朝食を終えた俺は、若干鬱《うつ》になりながらも出立の準備を整えていた。

鬱になった理由と言えば、……何故《なぜ》か増えた二つ名のことだ。

戦争に勝ち、各国首脳、御偉い方まで集うお祭り騒ぎのルクセリア。

出立前の朝食を、その例に漏れず戦勝を祝う客で溢《あふ》れていた『子犬の鳴き声亭』で食べていた時、それは、嫌でも聞こえて来たのだ。

噂《うわさ》好きな自称情報通が、卓を囲む男たちにグラード荒野の戦いを語る。

ルクセリアの勇者たちが――

リーゼリオンの蒼天《そうてん》騎士が――

話題が次へ次へと変わっていく中突然、

先代の勇者が――

黒き執行者《ダークネスエクセキューショナー》を名乗る男が――

と俺の話題に固定化されてしまった。まあ噂をしている人たちは執行者と先代の勇者が同一人物と知らないからしかたないのだが、どちらも俺のことなので恥ずかしくて死にそうだ。

ルクセリア勇者……イケメン君らは散々語られたのだろう。

レオンハルトも有名だし……そんな中で唯一情報が出回っていない黒き執行者《ダークネスエクセキューショナー》＝俺の話と、数年前に世界を救った先代の勇者＝俺の話が盛り上がるのは当然と言えよう。

特に黒き執行者《ダークネスエクセキューショナー》の話に関しては様々な憶測が飛び交っている。

血に染まった双剣を振るい、圧倒的な戦い……あれはまさしく悪魔だ。

……なんて。

他にも色々な噂が勝手に流れているが、特に人間側に寝返った魔族説が強く支持されているようだ。

まあその理由はただの人間じゃ倒せない公爵級《デューク》のテラキオを、一人で倒したのがデカイみたいだ（実際は退かせただけなのだが）。

第八の公爵級《デューク》とか言われた時は背筋がゾクゾクとした。は、恥ずかしすぎるっ。

異世界だから多少中二な方が馴染《なじ》めるとは思っていたが、男たちが語る話を聞き、その中二満開な会話に気まずさと気恥ずかしさを覚え悶《もだ》え死にそうになった。もう俺は中二病に戻れない戻らない。

しかし、話し声を無視しようとしながら固めのパンを頬張《ほおば》っていた俺に、衝撃の新事実が知らされる。

「そうそう、戦争に出てた俺の倅《せがれ》がそいつを見たってんだよ。暴風のように敵を薙《な》ぎ払った黒衣の剣士をさ」

「暴風か。言い得て妙だな。黒き執行者《ダークネスエクセキューショナー》は国の偉い奴らやギルド連中には死を与える黒い風《ストームブリンガー》なんて呼ばれてるんだ」

「なに!?　……黒き執行者《ダークネスエクセキューショナー》はギルド所属なんだよな？　つまりギルドの二つ名が二つか？」

「非公式らしいが、ギルドマスターがそう言ったたって話だ」

「まあ公爵《デューク》級を倒せば嫌でも付くか……」

死を与える黒い風。


「す、ストームブリンガーって、ストームブリンガーって!!」

俺は整理を終えた部屋で自分の中二ネームに悶絶《もんぜつ》し、床をごろごろと転がっていた。

ちなみに今はレザー装備の冒険者風の服装だ。黒のローブなんて二度と着るものか。

「おや、今日はリリルリーちゃんと一緒じゃないのかい？」

俺が『子犬の鳴き声亭』の一階に降りると女将《おかみ》が今朝言った言葉と全く同じ言葉を吐きやがった。

「知り合いん所に居るって言わなかったか？」

「なんだい、見捨てられたのかと思ったよ」

カハハと豪快に笑う女将を横目で見つつ、俺は荷袋を背負い『子犬の鳴き声亭』を後にする。

戦勝に賑《にぎ》わうルクセリアの大通りはこれまたお祭り騒ぎだ。祭りの行列状態の中の雑踏を越えギルドに着くと、受付がいつもの巨乳ちゃんに戻ってることに気づく。

俺の視線に気づいたらしく、俺を見てにこりと微笑《ほほえ》んでくれた。

「ギルドマスター、ノルン様からの手紙を預かっております」

営業スマイルだった。

「婆《ばあ》ちゃ……の、ノルンさまから？」

俺が婆ちゃんと言おうとすると、巨乳ちゃんからものっすごい殺気が一瞬だけ俺に注がれた。

巨乳ちゃんは婆ちゃんを信奉する人なのか？

以前婆ちゃんっ子なエルフ少年にもめちゃくちゃ睨《にら》まれた覚えがあるぞ。

俺が聞くと頷《うなず》かれたので手紙を受けとり、封を開いてみる。

◇

先ず、見送れぬことを謝らせて貰《もら》いたい。戦後の処理が忙し過ぎて本邸から出られないのだ。

そして手紙に書こうと思い筆を取るも書きたいことが多すぎて困ったよ。

さて、お前が特に気にしているであろうことだが、安心しろ。

聖都は今回の件、お前の存在をまだ正確に捉《とら》えていない。

魔族か？と疑われている剣士がお前であり、また先代の勇者だとは気づいていない。

黒き執行者《ダークネスエクセキューショナー》に関しては私の直轄の者として扱われている。これで奴らもそう易々《やすやす》と手を出せまい。

お前がある程度派手に暴れない限りお前が黒き執行者《ダークネスエクセキューショナー》、ひいては先代の勇者だとは気づかんだろう。安心し、ゆっくりと世界を見て回ると良い。

それと、旅に役立つだろうと思い二つ目のギルドカードを同封した。これを使えば数百万ほどのキャッシュをギルドから引き落とせる。何か困ったらこれを使うと良い。また、黒き執行者《ダークネスエクセキューショナー》として出動して貰う時にはこのギルドカードが赤く光る。それを目印にして欲しい。

良き旅を。

我が親愛なる愛弟子《まな》へ

◇

婆ちゃんお得意の美しい筆記体が、黒き執行者《ダークネスエクセキューショナー》と書かれてる辺りで笑いを堪《こら》えたのだろう、ミミズがのたくっているように見える。

感動的な手紙なのに色々残念だよ！

ん？　そう言えば封筒が重いと思ったがカードが同封されてるとか書いてあったな。

早速封筒の中に指を突っ込んで中身を引き出してみると、一枚の紙と共に黒く染まったカードが出てきた。

「ギルドマスター認定のギルド最上階級ＳＳのギルドカードです。カードに描かれた懐中時計は当ルクセリアギルドのマークでして、ギルドマークを持つギルドメンバーは、そのマークのギルドマスターの直轄、いわゆる懐刀扱いとなります」

抽象的な懐中時計のギルドマークが金で描かれたそれは、マークだけでなく文字までも金色。どこか高級感を漂わすそれを眺めていると巨乳ちゃんが説明してくれた。

「ギルドマーク……俺なんかがいいんですかね？」

看板背負って戦わされるってことだろ？

言っちゃなんだが戦闘以外はからっきしだぞ？

「ギルドマスター、ノルン様が託すに値すると思われたのでしたら、それに異論は起こりません」

「託す、か。……そう言えばこっちはなんだろ」

もう一度黒いカードを眺めてから、一枚の紙を見る。四つ折りにされたそれを開くと、

追伸
以前使った馬屋に行け。
それと行き先を考えているなら南ゲール諸島などがおすすめだぞ？
汝《な》れの好きな女人の水着が見放題だしの。

と短く書いてあった。

「おすすめ、ね。……ありがとうございました」

おすすめという言葉に苦い経験のある俺は、苦虫をまとめて噛《か》み潰《つぶ》したような歪んだ顔を、なんとか苦笑に抑え巨乳ちゃんに礼を言う。

「またのお越しをお待ちしております」

……くそぅ、満面の笑みでこう言われるとまた来たくなっちゃうじゃないか！

世界各地のキャバクラに足繁《あししげ》く通うおっさんたちの心理に共感を覚えながらギルドを出る。

俺が次に向かった先はゴルドーの爺《じじい》の工房だ。

戦場から帰還して真っ直ぐに向かい、二本の水晶剣を渡していて回収しに来たのだ。

「おーい、クソ爺はいるかー!?」

「うるせぇぞこのクソ坊主！」

武具が乱雑に置かれた工房に入り大声を出すと直後に大声で返された。

「来やがったな、クソ坊主め。おめぇ人様が丹精込めた逸品を乱雑に扱いやがって！」

武具を蹴《け》り退《ど》かしながら現れた爺は顔を真っ赤にし怒っていた。渡していた水晶剣に大きな不具合が出たのだろうか。

「ありゃ仕方ないだろうが。あのテラキオとフラム……いや、アグニエラの二人と打ち合ったんだぜ？　むしろ壊れなかったのが凄《すご》いくらいだ」

「そりゃ俺様の打った武具だからな」

褒めた途端に機嫌を良くしやがる。

「で、直ったの？」

俺が聞くとフンと鼻で答え、鞘《さや》に入った双剣を投げつけてきた。

「サンキュな」

「坊主、おめぇこの街を出るってほんとか？」

受け取って礼を言うと質問で返された。

「ああ……今回ルクセリアに来たのは事故みたいなもんだったけど、まあ丁度良いし世界をゆっくり見て回ろうと思ってな」

真剣な顔で聞くもんだから、俺も真面目に答える。

婆ちゃんの庇護《ひご》下に居ればいろいろと安心できるだろう。が、俺は平和になった世界を見たいと思ったのだ。

魔王軍は動いているが魔王は封印されている。これは十分に平和と言える。

「そうか。……剣の調子が悪くなったらまた来な」

それだけ言うと爺は工房の奥へ戻って行った。

「……サンキュな」

爺には聞こえないだろうが、俺は礼の言葉を置いて店を出た。

二十六話　先代勇者は旅に出る

「トーレさん？」

「お、来たようだねユーヤ……いや、ユウ・ヤシロだったね。アンタも何で間違いを教えなかったんだい」

トレイン貸し馬屋に着くと、店先に居る銀色の毛並み（羽並み？）のクルケルを撫《な》でていたトーレさんが居た。

「なんでトーレさんがこんな所に？」

グラード荒野の戦いに彼女は参戦していたものの、俺はリリルリーに導かれるまま走り回っていたのでトーレさんとは共闘できず、戦闘が終わったらとっとと退散しなければいけなかった。戦争に行く前に少し話した程度なので、トーレさんとは久しぶりに会ったことになる。

相変わらずエロい装備だぜ……。

「ふふ……ほら、よだれを拭《ふ》きな」

「あ、すみません」

俺がエロ装備に見惚《と》れていると、優しい笑みと共にハンカチを渡された。……白を基調とした可《か》愛《わい》らしいハンカチだった。

「俺、そういうのも良いけどトーレさんには黒が合うと思います。黒のレース柄が」

「余計なお世話だよ。……理由を聞いても？」

「エロいからです」

「変わらないんだねぇ、アンタは」

俺の言葉が余程面白かったのかクスクスと笑うトーレさん。……なんだろう、この穏やかな雰囲気……あれ？　心なしかトーレさんの瞳が哀《かな》しげに見えるぞ？　……ま、まさか……まさかだが！

「トーレさん、まさか俺のことを……」

「今日はアンタの見送りに来たんだ」

「即答ですね」

俺の言葉を遮るくらい早く答えられてしまった。

「まあ、アンタに会えて良かったとは思ったけどね」

「と、トーレさんっ！」

「抱きつくのは良いけど別料金だよ？」

「金とんの!?」

「当然さ。いい女は高くつくもんさ」

そう言って笑みを見せてくれたトーレさんは可憐《かれん》で……ふざけることもできず見惚《と》れてしまった。

「そ、それにしてもそのクルケルは？　……銀色の毛並みとか初めて見たんですが」

「ふふ……。マスターが言うにはユウ、アンタのクルケルらしいよ？」

気恥ずかしくなって話を逸《そ》らすが、どうやらトーレさんにはバレてるようだ。

お姉さんが悪戯《いたずら》っ子に見せる少し呆《あき》れたような笑みで俺を見る。

ぐぅっ、な、なんだこの恥ずかしさは！　齢《よわい》十六にもなって子供扱いされた気分だっ。

「って、俺の？」

銀色の毛並みのクルケルは俺の言葉に反応したのか、二、三歩俺に近づき、大きなくちばしを俺の腕に擦り寄せて来た。

「……お前、ヴァイスとシュヴァルツの子供か？」

間近で見ると、何処《どこ》となく知っているクルケルに似ていたので聞きながらくちばしを撫でてやると、クケーと間延びした声で鳴く。

どうやら人語は話せないようだが、理解はするようだ。

「なるほど……シルヴィアからってことか」

やけになついてくる一歳半くらいのクルケルは足を曲げ、姿勢を低くする。

「乗れって？　ははっ、お前らは親子揃《そろ》って乗せたがりだな。ほいっと」

手綱が付いていないが、クルケルの首元を優しく掴《つか》みながら跨《また》がると銀色の毛並みのクルケルは嬉《うれ》しそうに辺りを歩く。

「……ん、やっぱりアイツらの子供だ。乗り心地さいこー」

首を撫でてやるとクケーとまた間延びした声で鳴く。

「よっと……これなら手綱は要らないな、お前」

普通のクルケルは臆病で人に懐き難《にく》い。故に手綱で制する必要があるのだが、こいつら親子は人語を理解してるせいか人見知りがそこまで激しいわけではないようだ。レオやシルヴィアらは速すぎる二匹の上でバランスを取るために手綱を使ってるが。

「……よし、じゃあ行くか」

俺が首元を軽く叩《たた》くと、クケーと答えたクルケルはかっぽかっぽと足を……いや、馬でないので違う言い方か？

まあ音は良いや。

伸びた尾を揺らしながら王都の西門へと歩き出す。

「……それじゃあ。また来ますんで」

「あいよ……楽しみに待ってるよ」

軽く手を振りながら、褐色の美女トーレさんはそう答えてくれた。

「イケメン君らにも会っとくべきだったかな？」

門から出て少しして思いついた案は、その次の瞬間には廃案になっていた。

折角一般人として街を出たのに、今や勇者としてルクセリアで有名人となってる彼らに会ってしまっては婆《ばあ》ちゃんの見えない裏での頑張りや黙ってクルケル一匹預けてくれたシルヴィアたちの想いを無下にする行為だと気づいたからだ。

まあ彼らが勇者として世界を平和にしてくれてからでも良いだろう。

魔王は復活できないわけだし。

「さーって、何処へ……？」

地図を開いて、良さげな場所へ行こうと気持ちを切り替えようとした俺の耳に、俺へ向け駆けてくる足音が聞こえて来た。

今は祭りで、王都へ向かうならまだしも外へ向かって走るのはそうそうないだろう。

あ、いや。メロスみたいに親類の結婚式へ走って行く途中なのかも知れない。

と余計なことを考えていると、少女の声が聞こえた。


「勇《ゆう》！」


この世界に来てから一月ちょいしか経《た》ってないが、随分と聞き慣れてしまった声だ。

振り向くと、宝石のような翠《みどり》の髪を短く揃えた耳の長いエルフの少女、リリルリーが息を荒く、しかしそれを整えようと大きく息を吸っては吐いてを繰り返していた。

「おう。見送りには来れないって聞いてたんだが……来てくれたんだな」

「はぁ……はぁ……っ。お婆ちゃんが行ってこいって言ってくれたの」

拙《つたな》かった言葉も、出会った当初と比べれば随分と上手になったもんだ。

リリルリーが婆ちゃんの弟子となって一週間も満たないが、既に数年の修行に耐え、そして学んだ彼女は幼い体つきながら精神が成熟し始めている。

精神年齢が増えたのだ。


「そっか。婆ちゃんもニクい演出してくれるよな」


そう笑って見せるも、リリルリーは言ったきり俯《うつむ》いてしまい反応を見せない。

婆ちゃんの弟子となったリリルリーは、滅多なことがなければ婆ちゃんの元から離れられなくなってしまった。

何せ見習いとは言え『時の魔女』と同じ時間魔法を使うのだ。

悪用しようとすれば世界構造すら変えかねないジョーカーとなる。

当然求めるバカは出る。故に万が一を考え、俺は絶対に安全な婆ちゃんにリリルリーを預けた（婆ちゃんから言ってきたが）。

一人前の『時の魔女』となるまで、彼女に自由はほぼ無いと思って良い。

彼女が自分で選んだ未来だが、その根底には俺への罪滅ぼしが含まれているとも、婆ちゃんに教えられた。

俺の力になるために人生を棒に振ってしまったリリルリー。

……せめて、安全な場所で生きて欲しい。

「……今生の別れってわけじゃない。俺はお前と同じ世界に居る。なら、すぐにでも会える。何せ異世界へ帰るってわけじゃあないんだからさ」

経験者の言葉は重いつもりだぞ？

何せ三年もの間、異世界へ戻りたくて戻りたくて仕方なかったのに戻れずに、ようやく普通に馴《な》染《じ》めたと思ったらまた異世界へ来ていたのだ。

……諦《あきら》めがつくまでの二年が辛《つら》かった。

だが、同じ世界でなら会おうと思えば簡単に会える。

道端でひょっこりと再会し、世間は広いようで狭いと笑い話にもなるのだ。

だから、俺は悲しくもなんともなかった。

「格好付けるわけじゃないが、さよならは要らない。またねって言えばいいのさ」

クルケルの上からでだが、軽く撫でてやるとリリルリーはコクンと頷《うなず》いた。

「……んじゃ、またな」

「……うん。またね勇」

最後に笑みを見せたリリルリーに軽く手を振りながら俺は王都を後にする。

◇

「ぐすっ……うぐっ……っ」

「そんなに泣いてると、ユウに笑われちまうよ？」

服を涙と鼻水で汚しながら嗚咽《おえつ》するエルフの少女の頭を褐色の美女は優しく撫でる。

「それにユウのパートナーになりたいんだろ？　なら泣いてる暇なんてないと思うんだがねぇ？」

「……っ」

挑発するような言葉に、顔を汚しながらも上を向いたリリルリーが頷く。

「私は勇の、パートナーになりたい！」

「そうかい。……んじゃ、行こうか」

コクンと頷いた少女のやる気に満ちた瞳に感化され、トーレもまた一人、やる気になる。

(私もちょいと……頑張ってみるかい)

せめて足を引っ張らないくらいには……強くなってみせたいと思いながら彼女は、少女の手を引いて雑踏に向け歩く。

まるで親子のように、姉妹のように、友達のように……恋敵のように、二人は並んで歩いて行った。

・・

「よろしかったので？」

「ふぅあ？　……何がじゃ？」

数年に渡る指導を終えたばかりのノルンが、巨乳の受付嬢に湿布を張って貰《もら》いながら聞き返す。

ノルンを信奉する巫女《みこ》の一人である彼女は、ノルンの世話係でありギルドの顔たる受付嬢でもあった。

ノルンの手紙の内容をノルン自身から聞かされた彼女が質問をしたのが始めだった。

「彼ほどの存在を手放しに……そしてゲール諸島などに送ってしまって」

彼女の疑問もよくわかると言うものだ。

勇者という戦力を野放しにしておいて良いわけがない。

魔王は封印されているも、魔王軍自体は依然、存在し続けているのだ。

「……カカカッ、貴様もまだまだ半人前じゃ。そんな様《ざま》では人の上には立てぬぞ？」

「元より承知。人の上に立つは先代勇者でも教皇でも、ましてや神などではありませぬ。全《すべ》ての人の上に立つは貴女様《あなたさま》こそなのです。初代勇者様」

巫女装束の受付嬢の言葉に、ノルンは楽しげに笑う。

「カカッ、その名は千年も前に捨てた。今の妾《わらわ》は時の魔女、それ以上でもそれ以下でもないわ」

「失礼致しました、ノルン様」

恭しく頭を下げる女に、ノルンは苦笑を見せる。

「質問の答えじゃが、奴は南ゲール諸島へなんぞ向かいはせぬぞ？」

「……は？」

ノルンの言葉に思わず素で返してしまった巫女装束の女を、誰が悪いと言えようか。

言える筈《はず》もない。

「仰《おっしゃ》る意味が……ゲール諸島を薦めたのでしょう？」

「うむ。……確かに妾は書いた。じゃが、あ奴は行かない。いや、行けないのだ」

悪戯《いたずら》を成功させた子供のような笑みでノルンは続ける。

「三年前、妾のおすすめに辛酸を舐《な》め尽くしたあ奴は、妾のあの追記を深読みするはずじゃ。あ奴が好みそうなネタも仕込んだしの。……深読みしたあ奴はゲール諸島で何かが起こるだろうと考える。そして妾の裏を読んだ気で正反対の方向へ進む。……そして奴はガラリエへと向かいながら」

◇

「魔法学園都市『リズワディア』か。……ガラリエで行われるっていう拳闘大会までは数ヶ月余裕があるし……よし、ここに決めた！」

地図の北側にある自由都市ガラリエ。

そこを目指しつつ、最初の目的地はリズワディアに決定。

水着は残念だがこっちは制服だし、楽しみだぜ。

ブレザーかセーラー服かを悩んでいると、ふと脳裏にシルヴィアの言葉が思い浮かんだ。

それはアグニエラを退けた後に、グラード荒野のリーゼリオンの陣地にあるシルヴィアの天幕に呼ばれた時のことだった。

「世界を見て回ると、確かそう言っていたな？」

「うぇい」

やけに真剣な顔で聞くもんだから、俺は思わず変な声で答えてしまった。

「変な声で返すな、バカ者め」

「うるせぇ。……まあ折角この世界にお呼ばれされたわけだし、ゆっくり世界を見て回ってファンタジーライフを送ってもいいかな～ってのは思ってるな。面倒なのは勘弁だがな」

ふざけると怒られるとわかったからちゃんと答える。

すると、シルヴィアは苦笑して小さく頷いた
「そう、お前はそう言うのだろうな。戦場から離れ冷静になれば、私もその言葉に頷ける」

「なんだよ随分遠まわしに言うじゃねーか、シルヴィア。……言いたいことがあるなら言えよ」

シルヴィアのどこか諦めたような、一歩引いた態度にカチン、と来た俺は声を低くして問い質《ただ》す。

「お前が姉上、……オリヴィア姉様が命を懸けて守った世界を見て回りたい、と言うならば……」

……シルヴィアはやけに辛《つら》そうな顔して、そう言っていた。

俺は、何も言えなかった。

恐らくそうなのだろう。自問してみれば、本当に異世界を楽しみたいなどと言えるのかと自分自身でも思う。

だがそう考えれば考えるほど、やはりこの世界を巡ってみたいと強く思う。

この世界は、まだ見たことのない場所や、出逢《であ》ったことのない人々に満ち満ちている。

ゆっくりでも良い。彼女と見たことのない世界を、俺は見たいと思ったのだ。

名前のまだない銀色のクルケルに跨がりながら、ゆっくり少しずつ進む。

目指すは異世界スローライフ。急がず回らず、真っ直ぐ行こう。

番外編　リリルリー修行編

先代勇者は隠居したい

「ぬおおおおおおおっっ!!　この外道がぁぁぁあっっ!!」

ノルンという名の、私と同じエルフに連れられて私たちはこの館《やかた》の地下に来た。そして扉の向こうに安置されているらしい物を見て、勇《ゆう》が壊れたように叫び出したのだ。

頭を抱え、まるで鶏の首を絞めた時のような悲痛な呻《うめ》き声を漏らし、その場に勇が膝《ひざ》を付いた。

「カカッ!　いやぁ、汝《な》れの喚《わめ》く姿はいつ見ても格別じゃが、やはり直接見て聞くのは尚《なお》良いな。妾《わらわ》の思った通りじゃ」

そしてこの現状を作り出した張本人であるこの女――確か、ノルンって勇は言ってた――はそんな勇を見てクックツと笑う。

『勇に何をしたの!?』

苦しんでいる勇に駆け寄り、その尋常でない震えように驚いた私はノルンに向かって叫んだ。けど、ノルンはクスクスと笑ってその白く細い指で扉の先を指差した。

『見てみれば良い。己の目で見て真偽を見極めるのも、我々エルフには必要なことじゃ』

ノルンの指につられるように扉の奥を見ようとすることを止められず、私はゆっくりと顔を動かす。

そしてその奥にあるソレを見て私は思わず首を傾《かし》げ呟《つぶや》いていた。

『服……？』

そう。そこにあったのは上半身だけのマネキンと、そのマネキンに着せたフード付きの黒の外套《がいとう》だった。

「よりにもよって……なんで黒き執行者《ダークネスエクセキューショナー》の『黒夜の聖骸布《ホーリーナイト・シュラウド》』なんだよ……」

膝と手を付き、この世の絶望を一身に背負ったようなどんよりとした雰囲気を出しながら勇はうなだれている。

どうやらこの真っ黒のコートが原因らしい。

「ほれ、汝れはこれを持って上に行っておれ。着ていても良いぞ？」

「着るかボケ！　って俺だけ？　え、リリルリーは？」

ノルンがシッシッ、と払うように手を動かしながら言うと、勇は勢い良く立ち上がってから首を傾げた。

私も呼び止められる理由がわからず首を傾げた。

「うむ、ちと用があってな。ほれ、さっさと行かぬか！」

「いやいや、なんで用があんだよ。トーレさんならわかるが、リリルリーはギルドメンバーじゃないだろ？」

ノルンの言葉に引っかかりを覚えたらしい勇が聞くが、ノルンはそれを無視した。

「五分じゃ。五分あれば事足りる。故に上に行くのじゃ」

「な……なんだよ婆《ばあ》ちゃん。睨《にら》まなくってもいいだろ？」

軽く睨まれた勇は途端に抵抗をやめ、渋々と服を抱えた。

「リリルリー、婆ちゃんに変なこと言われても気にするなよ？」

少し心配そうに、勇はそう言って上に上がって行った。

「全く、人を意地の悪い人間のように言いよって」

不満げな言い方だが、ノルンは苦笑げに笑っていた。

◇

勇を部屋から追い出し、扉をバタンと閉じたノルンが私とトーレに向き直る。

「さて、お主らに残って貰《もら》ったのは他でもない。お主ら自身の今後のことじゃ」

彼女はそう言って、どこからともなく腰掛ける椅子《いす》を取り出して、それに座った。

『今のは……』

勇が腰に付けたバッグから色々な物を取り出すのを見たことがある。

それに、なんとなく似ていた。

「今後っていうと？」

トーレが訝《いぶか》しげに聞く。

するとノルンは一度深く目を閉じて、鋭い目つきになった。

「あ奴は世界を巡る。それが無意識にしろ意識的にしろ、あ奴は世界を見るために旅立つじゃろう。……その時にお主らはどうするのかということじゃ」

それを聞いて、私の胸はドキンっ！と大きく高鳴った。

勇が旅に出る。だったら私も勇と一緒に行きたい。

しかしノルンの言葉は、そう思う私を責めるかのように感じられた。

そしてそう感じたのは、正しかった。

「力というものは大きければ大きくなる程に争いごとを招き寄せるものじゃ。……そして、勇もまた望むと望まざるとに拘《かかわ》らず戦いに身を投じて行くことになるだろう。……その時に、今のままのお主らでは足手まといになる」

足手まとい。そうハッキリ言われた時に、私は足下が崩れ落ちた時のような、一種の恐怖を覚えた。

彼の、勇の足手まとい……私は、邪魔になるの？

『ど、どうすれば……勇の足手まといにならずにすむの？』

『同郷の娘よ、教えて欲しいか？』

『う、うん。……勇の邪魔にだけは、なりたくない！』

『そうか』

ノルンは目を細めて私を見て、次にトーレを見た。

「トーレ、お主はどうじゃ？」

「……マスター、アタシが勇に付いて行くって思うのは早合点過ぎやしないかい？」

苦笑しつつ言ったトーレの言葉を、ノルンはクックツと笑いながら一蹴《いっしゅう》する。

「このバカ者め。惚《ほ》れた腫《は》れたで恥ずかしがる歳《とし》でもなかろう」

「ぐっ……、う、うるさいよっ。……ただまぁ、アタシも足手まといってのは……嫌だね」

頬《ほお》を赤らめながら頭を掻《か》いたトーレはノルンに向き直ってそう言った。

「カカッ。……ではお主らに知恵と技を与えるとしようかのぉ」

パチンッ。片手を上げたノルンが中指と親指を軽く動かし、指を鳴らした。

「っ!?　……無詠唱、かい？」

「ほぉ、そう言えばお主は砂礫《されき》の民の、……肌で感じたか。その通り、無詠唱じゃ。お主ら二人にはこれより二十日間、妾の元で修行をして貰《もら》う」

椅子に座ったまま、ノルンは脚を組みながらそう言って笑う。

って、え？

「はつ、か？」

『うむ。この言語では二十日《にじゅうにち》のことじゃ。日数を数えることはできるかの？』

『できます』

ノルンがアレクセリア語で教えてくれたので、私はすぐさまアレクセリア語で返す。

「マスター、二十日って言うと遠征までちょいと時間が足りないんじゃないかい？」

訝しげにトーレが問うが、またしても何処《どこ》からともなく剣と何かを取り出したノルン。彼女は身の丈程の剣（ノルンの身の丈だから、普通の剣と同じくらいの長さだ）を肩に担ぎながら椅子を降りた。

「カカッ、心配無用じゃ。お主らは己が技量を伸ばすことだけを考えよ。……同郷の娘よ、これを指に嵌《は》めよ」

『わっ！』

突然何かを投げ渡され、慌てながら無事にキャッチする。金色の指輪がそこにはあった。

『指輪？　……何か書いてある。カレ・ヴァレリウス・ギア・クロック・ディーア……『時を加速し、減速させ、停止させる魔道具』？』

指輪に刻まれたアレクセリア語にはそう書いてあった。

『同郷の娘、いやリリルリーよ。お主には妾の名を継いで貰うぞ？』

ノルンはそう言って、人を食ったような笑みを浮かべた。

◇

『時というのは常に流動し、流れを止めることも変えることも本来できない。妾がお主に伝授するのはその『時の流れ』に介入する術じゃ』

そう言ってノルンは『イデア』と呼ぶ指輪を私に嵌めさせた。

『これは？』

『時の魔法の習得は容易なことではない。その、時の魔法を習得するための、特急券というやつじゃ』

クスリ、と笑いノルンはまたしても何処《どこ》からともなくカードを取り出した。

『小タロットと呼ばれる、占術に使う小道具じゃよ。……お主が手に持つカードの絵柄は何じゃと思う？』

ノルンはそう言って裏向きのタロットカードを私に渡した。

けど、そう言われてもわかる筈《はず》もない。そんなことを考えているとそれを感づかれたらしく、彼女は目を細めて私を少し睨む。

『バカ者め。ふざけて言っているわけではないわ。……このカードが表になったときの事を想像するのじゃ』

『うーん。……なんだろう』

わからないのは変わりないが、今度は真面目に考える。

『バカ者、考えるのではない。『視《み》る』のじゃ』

考えずに、視る。

よく意味はわからなかったけど、言われた通りに裏面のタロットカードを私は視た。

穴が空くほど視て、次の瞬間に、

『！』

チラ、と頭の中にカードを表にした時の映像が流れた。

『五本の杖《つえ》と、杖を持ったおじいさん』

『杖《ワンド》の六、じゃな』

『うん』

私が頷《うなず》くと、ノルンは視線でカードの表を見ろ、と言う。

私がカードを表にすると、

『え……ち、違う？』

そのカードの絵柄は、剣を持った騎士の姿だった。

脳裏に浮かんだ絵柄との違いに私は焦った。一瞬だったとは言え、その映像に自信を持っていたのだ。

だから絵柄を間違えたことに、何故か私は異様に驚いていた。

『いや、正しかった。お主が持っていたのは、この杖《ワンド》の六じゃった』

『あっ』

ピッ、とノルンが懐から取り出したカードは、先ほど私が脳裏で見た絵柄のカードだった。

『妾が『時を止めて』お主のカードをすり替えたのじゃ。故に、お主の予知は正解であり、不正解だったのじゃ』

『……時を、止めた？』

何気なく言われた言葉に私は驚いた。まだ私が視た絵柄が間違いだったと言われた時の方が衝撃は少なかっただろう。

『そんなことはどうでも良いのじゃ。話に戻るぞ？』

事も無げに続けるノルンに戦慄《せんりつ》を覚えながら私は頷いた。

『リリルリー、お主が視たのは、お主が手に持っていたカードを裏返した時、つまりカードの表を見た時の、未来の映像じゃ。妾が干渉しなければ、お主が視たままの絵柄が現れていたことじゃろう』

『……えっと、質問、いいですか？』

『認める』

『えと、……なんでノルンが変えたっていうのは視れなかったの？』

『カカッ！　うむうむ、お主は中々賢い娘じゃのぅ！』

変な笑い方で私の頭を撫でるノルン。……見た目、私と対して変わらないのにお姉さんぶられて、私は少し不機嫌になった。

『それは簡単じゃ。単にお主の練度の低さと、未来は『不確定』だからじゃ』

『ふかく、てい？』

『定まっていないという意味じゃ。……確定した未来などなく、故に未来は揺れやすい。お主が変化した先の未来を読み取れなかったのには、そういう理由もあるということじゃ』

『んー……うん』

『バカ者。曖昧《あいまい》な返事など許さんぞ』

『あうっ！』

またしても何処からともなく取り出した身の丈程の杖（やっぱりノルンの身の丈なので少し小さい）で、ノルンは私の頭を叩《たた》いた。

『未来は存外変わりやすい。それを肝に命じ、もう一度じゃ。安心せえ、今回は手を出さぬ』

そう言って渡された新たなカードを視ると、硬貨を持った女の人が見えた。

『……未来は変わりやすい……』

ノルンの言っていた言葉の、意味はなんとなく理解できた。ただどうすれば良いのかわからずにいると、ノルンの手がカードに伸び、ひっくり返す。

『剣の王。……どうやら、今度は正しかったようじゃな？』

カードの絵柄は、冠を被《かぶ》った黒髪の男が、剣を地面に突き立てていた。

『うん。勇に似た男の人が見えたの』

カードの絵柄の男はどことなく勇に似た容姿をしていたのだ。

『カカッ。そうかそうか、勇に似ておったか。お主は本当に勇が好きじゃのぅ』

ノルンはどこか面白かったらしく私の頭を撫でながら笑い始めた。

なんだかバカにされたようで、むすっとしてると、ノルンはカードの束を取り出した。

『指輪の効果もあるが、お主は未来を予見した。第一段階はほぼ終了じゃな。次は連続で予知を成功させるのじゃ』

ノルンは私に渡したカードをひったくってカードの束に重ねてカードを混ぜ、今度はカードの束ごと渡して来た。

『妾はトーレを見てくる。もうそろそろギブアップの頃じゃろうしな。妾が帰ってくるまでに百発百中にしておくのじゃぞ？』

クックッと笑ってノルンはパチン、と指を鳴らす。

『pass』、『ソラ』

呪文のような言葉を呟くと、ノルンと私の前に無骨な扉が現れた。

そしてノルンはその扉の中に入って行った。

私の訓練が始まるより少し前、トーレはこの扉の中に放《ほう》り込まれていたのだ。

◇

『……杯の、七』

タロットカードを手渡され、裏面の束から一枚ずつ引きながら引いた絵柄を当てる。

当てたカードは表に重ね、全《すべ》て終えたら裏にしてシャッフルする。

そんなことを何度も繰り返していくうちに頭の中に絵柄が映る感覚が早くなる。

そしてそんなことを繰り返してどれだけ経ったのかわからなくなった時、ノルンが扉から現れた。

『待たせたのぅ、リリルリー。どうじゃ？　上手くできるようになったかのぅ？』

片手に剣を持ちながら現れたノルンと、その後ろに続く死んだような目をしたトーレ。

『ど、どうしたの？』

そのトーレの異様な姿に思わず聞くと、ノルンはまた「カカッ！」と変な笑い方をして喋《しゃべ》り出す。

『塔の十階以上は魔物の強さが跳ね上がると伝えるのを忘れていてのぅ。いやぁ、ローパーに食われかけておったわ』

『ろー、ぱー？』

『魔物の一種じゃ。それよりどうじゃ？　視る感覚が長く、そして鮮明になって来たじゃろ？』

『うん』

ノルンの言葉に私が頷き返すと、ノルンは私が嵌めている指輪を外した。

『あっ』

『次の段階は『イデアリング』を外した上での未来予知じゃ。ほれ、やってみぃ』

言われるままにやってみると、途端に変化が現れた。

『……視えない』

先ほどまでは視えていた未来の映像が、全く視えなくなっていたのだ。

カードをじっと見つめても、裏面のカードしか、目に映らない。

『お主は、「どうして？」と言う』

『ど、どうして!?　……はっ！』

『簡単なことよ。イデアリングは、『視る』という行為、そして『視た』ことによる結果を補助する魔道具だからじゃ。遠見の魔術を用いれば通常より遠くまで視認できたり、石化の魔目を用いれば、視認した相手を石化させることも可能となる一級品の魔道具なのじゃ。故に、お主が指輪を嵌めていて見れた未来はイデアリングの補助有ってのもの！　次の段階は、魔道具の補助無しで予見することじゃ』

指輪無しの予見……。

私はもう一度視ようとしたが、チラとも映らない。

『そう上手くはいかん。これればかりは才覚の有無じゃからの。……しかし安心せいリリルリー』

カカッ、と笑ったノルンはそう言って、

『これからまだ二十日もある。気長に行くぞ？』

丸いテーブルと、三つの椅子。そしてテーブルの上にサンドイッチの山が何処からともなく現れた。

『先《ま》ずは腹ごしらえじゃ』

そう言ってノルンは椅子に飛び乗った。

◇

二十日間。

二十日間もの間、リリルリーは予見の修行に明け暮れた。

朝起きて朝食を予見し失敗し、カードをめくり続けるが予見できず、夜には疲れて死んだようにぐっすり眠る。そんな変わらない、変わってくれない毎日を過ごした。

そしてノルンが告げた二十日目の夜、リリルリーは床にぶちまけたカードの上で泣いていた。

視えない。視えないのだ。

いくら未来を視ようとしても、この二十日もの間、一瞬たりとも予見することができなかった。

『……残念じゃったな、リリルリーよ』

『っ！　……』

ノルンの声に肩を震わせたリリルリーは、ゆっくりと顔を上げて、椅子に座り脚を組むノルンを見上げた。

『お主に僅《わず》かな才覚を見いだしていたが……どうやら妾の見当違いだったようじゃ』

敢《あ》えて冷たく、ノルンは言い放つ。

『ひっ、えぐっ……！』

宝石のように鮮やかな碧色《へきしょく》の瞳に涙が溜《た》まるが、ノルンは罪悪感も何も感じなかった。

『愚か者め』

その真紅の瞳は、ギラリと煌《きら》めいてリリルリーを捉《とら》えた。

『泣けば妾が優しく手ほどきするとでも思うたか？　甘ったれるな、同郷の娘』

リリルリーはまた俯《うつむ》いて泣き始めてしまう。

エルフは普通の人間の数倍は長く生きる人種、長命種の一つだ。短くても三百年は生きると言われるエルフ。しかし、リリルリーはまだ十にも満たないただの幼女なのだ。

オークに犯されかけ、バジリスクに襲われる恐怖を味わい、それでも自分を救ってくれた一人の少年のために頑張ろうと決意したその少女の心は、今まさに砕けかけていた。

何度も何度も繰り返し、何度も何度も失敗し続けた。

そして刻限に迫り、ついにできないと諦めてしまったのだ。

『泣けば未来が視えるのか？　泣けば未来が変わるのか？　……泣けば、勇に守られるだけなのだぞ？』


ハッ、となった。思い出したのだ。

最初の出会い。本当に彼と出会った瞬間のことを。

オークに犯される寸前の時のことを。


その時彼女の心は恐怖に包まれていた。

両親の顔も知らず、旅の理由も知らずに旅をし続けた。

自分ですら知らない、何かを探して旅をし続けた。

だがその何かすらわからずに終わるだろう旅を思い、そして今まさに自分の四肢を掴《つか》み押さえ付け自分を犯そうとする醜いオークに、恐怖した。

自分の生きた理由もわからずに、自分の一生は終わってしまうと思った。

そしてその未来は、

『それだけはっ、いやああぁぁっっ!!』

彼により救われた。


『勇と、一緒にいたいッ、いたいです!!』

涙だけでなく、鼻水も出るがリリルリーは叫ぶ。

『お願いします！　わたしにっ、わたしに勇のお手伝いができるようにしてくださいっ!!』

膝を付いた姿勢のまま頭を床に付け、リリルリーは泣きながら、嗚咽《おえつ》しながら、土下座をした。

『なんでもします！』

『もうあきらめません！』

『どんなこともがまんします！』

『だからっ……わらしをっ……！』

そして嗚咽により止まった言葉を、ノルンは更に言葉で止めた。

『今まさに味わった苦痛、無力感、……そして、『望み』をあと五年持ち続けることができるか？』

ノルンの問いに一拍の間もなく、

『でぎまずっっ!!』

リリルリーの言葉が返る。

『……』

『っ、ひぃっ、うぐっ！』

無言でリリルリーを見続けるノルンと、嗚咽しながらも強い眼差《まなざ》しでノルンを見返し続けるリリルリー。

二人が何も言葉を発さずに、リリルリーの泣き声と鼻を啜《すす》る音がし続けて数分、リリルリーは永遠とも間違える時間を感じていた。そして……、

《……カカッ。……カカカッ！　言うたな？　このバカ弟子め。また愚かに泣いたら次はないぞ？》

ノルンの笑い声が、ノルンが言葉を発するより先に届いた。

◇

「リリルリー！」

「バカ者、そう騒ぐでない」

五分過ぎた頃に地下に向かった俺が見たのは、扉の前で啜《すす》り泣きながら寝ているリリルリーと、長い髪を結い上げて変な髪形になっていた婆ちゃんの姿だった。

「リリルリーに何したんだ婆ちゃん!?」

「騒ぐなと言ったじゃろうがバカ弟子が！」

婆ちゃんに頭をポカン！と殴られた。そしてなんとなく嫌な予感がした。

「勇、リリルリーには『時の魔女』となる資格が有るぞ？　バジリスクの襲来を予知するだけでなく、どうやら気絶する寸前に妾の弟子にするとの言葉を聞いたようじゃ。いやぁ、まさかあの間際で妾の予見した未来を変えてみせたとはのぅ」

愉快そうに笑う婆ちゃんの言葉に、俺は気絶しそうになった。

「ふざけんな！　リリルリーを権力争いのド真ん中に放り投げる気かよ！」

時の魔女とは、それこそ未来を予見し、予知し、予言する者だ。時の魔女を配下に置けば、国はそれだけで大きなアドバンテージを得るのだ。

ノルンも、時の魔女は中立だと世界に示すために大国リーゼリオンから離れルクセリアにまで来たのだ。

「このバカ者が『なんでもする』と自分から言った。故に責任はこやつにある。……違うか？」

だがノルンはそんなこと知らぬと、そう言い切ったのだ。

「つ、の……やろ―――」

火山の噴火のように噴出しそうになった勇の怒りは、ノルンの言葉で逆に急速に散っていった。

「こやつの覚悟を、想いを。……貴様が愚弄《ぐろう》するのか、勇っ!!」

幼い身体に、見た目相応な童顔。そんな少女の一喝に、俺の動きは止まった。

しかし恐怖にじゃあない。婆ちゃんの言葉を、反芻《はんすう》するために動きが止まったのだ。

「……リリルリーは、なんのためにって？」

まるで、リリルリーの覚悟は、俺のためであるかのように……婆ちゃんは言った。

「言わずともわかろう」

婆ちゃんはそう言って慈愛に満ちた笑みでリリルリーの頭を撫でた。

「……トーレさんは？」

俺はリリルリーをオークたちから助けた時のように抱き上げながら問う。

「カカッ！　今頃ローパーにぬちょぬちょにされとる頃じゃろう」

「マジで!?　ぬちょぬちょに!?」

「あぁ、ぬちょぬちょじゃ」

俺はリリルリーを抱き上げながら扉の向こうのトーレさんの姿に想いを馳《は》せるのだった。

「あー、ところでどうじゃった？　汝れの『黒夜の聖骸布《ホーリーナイト・シュラウド》』の完成度は？　汝れが残した物をアリアドネに見せたら喜んで作ってくれたのじゃが」

「あれヤベェ。フードの裏地も赤とか凝ってるしファイアパターンがカッコイイぜって何言わせるんじゃやボケぇ!!」

先代勇者は隠居したい

巻末資料

キャラクターデザインラフ

社 勇

天城 海翔

キャラクターデザインラフ

リリルリー

ノルン
ノルン
トーレ
トーレ
シルヴィア
シルヴィア

アグニエラ
（魔族）

テラキオ
（魔族）
テラキオ

MFブックス

先代勇者は隠居したい 1

発行　2013年10月31日　初版第一刷発行

著者　井々田K
発行者　芳原世幸
編集長　金田一健
発行所　株式会社KADOKAWA
〒102-8177　東京都千代田区富士見2-13-3
03-3238-8521(営業)
編集　メディアファクトリー
0570-002-001(カスタマーサポートセンター)
年末年始を除く平日10:00～18:00まで
印刷・製本　株式会社廣済堂
ISBN 978-4-04-066050-9 C0093

http://www.kadokawa.co.jp/

企画　株式会社フロンティアワークス　メディアファクトリー
編集　堤 由惟／小柴真道(株式会社フロンティアワークス)
ブックデザイン　ragtime
イラスト　霜月えいと

本書は小説投稿サイト「小説家になろう」(http://syosetu.com/)初出の作品を加筆の上書籍化したものです。

異世界リベンジファンタジー、早くも第2弾!

盾の勇者として召喚された尚文《なおふみ》。謎の災害《波》から村人たちを助けても、国王には蔑《ないがし》ろにされたままだった。

また俺だけが馬鹿にされるのか……!?　世界はまだまだ敵であるらしい。

そんな尚文がある日「たまごガチャ」と呼ばれるモンスターくじを引く。どこにでもいるような鳥型の魔物フィロリアルを引き当てて、「フィーロ」と名付けたはいいが、ヒナはどんどん成長して——なんと、羽の生えた少女になってしまった!?

亜人の娘ラフタリアに加えて、「ごしゅじんさま!」と妙になつく天使のような少女フィーロ。彼女たちと共に尚文が始めたのは、なんと「行商」だった!!

異世界リベンジファンタジー第2弾、ここに始まる!

ただいま好評発売中!

盾の勇者の成り上がり 2
著・アネコユサギ　イラスト・弥南せいら
定価・1260円(税込)